海底两万里

[法] 儒勒·凡尔纳 著
陈 芬 编译

哈尔滨出版社
HARBIN PUBLISHING HOUSE

图书在版编目（CIP）数据

海底两万里 /（法）儒勒·凡尔纳著；陈芬编译
．—哈尔滨：哈尔滨出版社，2018.4
（读点经典：中外科幻名家经典丛书）
ISBN 978-7-5484-3137-4

Ⅰ．①海… Ⅱ．①儒… ②陈… Ⅲ．①科学幻想小说
－法国－近代 Ⅳ．① I565.44

中国版本图书馆 CIP 数据核字（2017）第 026113 号

书　　名：海底两万里

作　　者：[法]儒勒·凡尔纳　著
译　　者：陈　芬
责任编辑：赵　晶　于海燕
责任审校：李　战
封面设计：贝哈鼠

出版发行：哈尔滨出版社（Harbin Publishing House）
社　　址：哈尔滨市松北区世坤路 738 号 9 号楼　　邮编：150028
经　　销：全国新华书店
印　　刷：湖北卓冠印务有限公司
网　　址：www.hrbcbs.com　　www.mifengniao.com
E - mail：hrbcbs@yeah.net
编辑版权热线：(0451) 87900271　87900272
销售热线：(0451) 87900202　87900203
邮购热线：4006900345　(0451) 87900256

开　　本：880mm×1230mm　1/32　印张：7.5　字数：160 千字
版　　次：2018 年 4 月第 1 版
印　　次：2018 年 4 月第 1 次印刷
书　　号：ISBN 978-7-5484-3137-4
定　　价：19.80 元

凡购本社图书发现印装错误，请与本社印制部联系调换。
服务热线：(0451) 87900278

科幻是创新的源泉

1818年,玛丽·雪莱写了一部《弗兰肯斯坦》,科幻文学诞生了。

1828年,儒勒·凡尔纳横空出世,连续出版了20多部探险科幻长篇,引领了全球阅读科幻文学的热潮。

和很多科幻迷一样,我也是从凡尔纳开始科幻之旅的——在小学的时候,我从父亲的箱子里翻出一本繁体字的书,那是凡尔纳的《地心游记》。从那一刻起,我的人生与科幻接轨了。

事实上,凡尔纳的科幻作品还没有摆脱欧洲探险小说这样的"旧襁褓",但透过"旧襁褓",我们能清晰地感受到科幻这个小生命正在律动,正在展示着强大的生命力。

凡尔纳笔下的人物个性鲜明,十分单纯,像一个个色彩醒目的符号,以至于梵蒂冈教皇称他的小说"如水晶般纯洁"。在凡尔纳的科幻小说中,人类在文学中的主角地位首次让位于"大机器",比如《海底两万里》中的"鹦鹉螺号"潜艇,《机器岛》里的机器岛,《从地球到月球》里的登月巨炮。

凡尔纳被誉为科幻之父,他的小说有着明显的技术内核,在科学技术方面的描写十分严谨,想象也比较贴近现实。他的小说展现了科学的美感,也能让读者对科学产生浓厚的兴趣。

其实,在我真正创作科幻小说时,让我得益最大的并不是以前读过的科幻文学,而是科普类作品,以及后来我在大学里学习到的知识。

提起凡尔纳,就不得不提及另外一名科幻大师——乔治·威尔斯。

如果说凡尔纳的科幻是科学幻想,那威尔斯的科幻就是"异想天开"了。所以,凡尔纳小说里的"'鹦鹉螺号'潜艇""机器岛""电视机""电报"在后来都实现了,而威尔斯小说里的"时间机器""隐身人"在今天还是幻想。

一个科幻作家的地位并不取决于作品里有多少想法被实现,事实上,威尔斯对科幻文学的作用丝毫不逊于凡尔纳。

在威尔斯之前,科幻文学无法独立存在,只能依附于别的文学类型——《弗兰肯斯坦》可以归类为恐怖小说;凡尔纳的很多小说可以归类为探险小说。但威尔斯的科幻小说不从属于任何别的文学类型,它就是以科幻的面目出现的。说到《时间机器》,说到《世界大战》,说到《隐身人》,谁会将它们当成别的文学类型,而不认为它们是科幻呢?

威尔斯的科幻小说,是最早最纯粹的科幻。因此,也有学者将《时间机器》发表的时间1895年确定为科幻诞生的日子。

威尔斯以自己的绝顶天才,开创了一个又一个科幻新题材:利用机器做时间旅行,用化学物质隐身,使用原子武器进行灾难性战争……威尔斯开创的科幻题材数量之多、范围之广,后世无出其右。

科幻,是一种能够激发读者想象力的文学题材。

爱因斯坦曾经说:"想象力比知识更重要,因为知识是有限的,而想象力概括着世界的一切,推动着进步,并且是知识进化的源泉。"

大量科学发展证明,科幻是创新的源泉之一,科幻能够激发发明创造。潜水艇的发明者之一西蒙·莱克、无线电发明者之一马可尼等科学家,后来都承认自己受到了凡尔纳作品的启发。美国和欧洲的科技强盛,也与科幻小说的贡献密不可分——许多科学家在儿时迷恋科幻小说,并因此在成年后从事科技事业。

科幻,能引爆人的想象力;经典的科幻作品,能让人的想象力超越时代。

举个例子,同样是一个宇宙背景的科幻作品,普通的作品可能是这样的:

警务飞船紧咬着走私飞船,掠过了一个又一个星球。每经过一个星球时,走私飞船船长都仔细观察星球的地貌,他急切地想找到一个地形合适的星球降落,同追击者决战……

这种作品给读者的印象是,宇宙比警匪片中的小镇子大不了多少,太空中的星球也就像小镇路边的一家商店似的。在这样的描写中,作者对宇宙的宏大是麻木不仁的。对于这些寓言式的小说来说，宇宙只是一个发展情节的工具。

但科幻的主要魅力不在于此，真正经典的作品往往是能引发人思考的。比如同样是宇宙题材，经典的作品会是这样的：

一艘巨大的宇宙飞船，在漆黑寂静的太空中飞向一个遥远的目标，它要用两千年时间加速，保持巡航速度三千年，再用两千年减速。飞船上一代又一代的人出生又死去，地球已经成了上古时代虚无缥缈的梦幻，飞船上考古学家们从飞船沧海桑田的历史遗迹中已找不到可以证实它存在的证据；那遥远的目的地也成了一个流传了几千年的神话。一代又一代，人们搞不清自己从哪里来；一代又一代，人们不知道自己到哪里去。大部分人认为，飞船就是一个过去和将来都永远存在的永恒世界，只有不多的智者坚信目的地的存在，日日夜夜地遥望着飞船前方那无限深远的宇宙深渊……

这是多部西方科幻小说的主题。在这样的描写中你感受到了什么？是宇宙的深远广漠，还是人生的短暂？也许，你因此以上帝的视角，从宇宙的角度远远地俯瞰整个人类历史。你感慨地发现，我们的文明只是宇宙时空大漠中的一粒微小的沙子。

多读科幻，更要多读经典的科幻作品。

刘慈欣

目 录

001	一、移动的暗礁
005	二、赞成和反对
010	三、"林肯号"出发
014	四、初遇奈德兰
017	五、海面大搜寻
022	六、开足马力
032	七、在海上漂泊
038	八、神秘的海洋幽灵
045	九、愤怒的奈德兰
050	十、水中人
058	十一、参观"诺第留斯号"
066	十二、一切都用电
071	十三、海底漫步
075	十四、海底森林
079	十五、太平洋下四千里
083	十六、瓦尼科罗群岛

089	十七、托雷斯海峡
094	十八、捉摸不透的船长
099	十九、印度洋
102	二十、尼摩船长的新提议
105	二十一、红海
111	二十二、阿拉伯海底隧道
114	二十三、地中海四十八小时
117	二十四、沉没的陆地
123	二十五、海底煤坑
129	二十六、恶战抹香鲸
138	二十七、冰的囚牢
148	二十八、南极奇观
159	二十九、意外事故
166	三十、生死一线
177	三十一、海中大捕捞
183	三十二、遭遇章鱼
193	三十三、大西洋暖流
204	三十四、海底搜索
212	三十五、以卵击石
222	三十六、尼摩船长的最后几句话
230	三十七、神秘的结局

一、移动的暗礁

1866年,海上曾发生过一件离奇的怪事,这件事引起了沿海居民的轰动,而且科学家也无法给出合理的解释。事情大概是这样的:不久以前,许多船只在海上遇见了一个"庞然大物",它是一个形状像纺锤的长长的家伙,它的体积比鲸鱼大得多,行动起来也比鲸鱼快得多。而且,它还会时不时地发出磷光。

这东西让生物学家感到困惑——如果它是鲸鱼类动物,那么它的体积大大超过了生物学家曾经加以分类的鲸鱼。

1866年7月20日,加尔各答的"希金森总督号"轮船在澳大利亚海岸东边5英里,遭遇了这个游动的巨大物体。巴克船长起初还以为这是个没有人知道的暗礁,当他正要测定"暗礁"的位置的时候,"暗礁"突然喷出两道水柱,哗的一声射向空中150英尺高。这让巴克船长吓了一跳——眼前这东西哪里是暗礁,分明是一只巨大的水怪,这水柱无疑是从水怪的鼻孔里喷出的。据船长观察,这水怪的身体至少有350英尺长。

7月23日,西印度太平洋汽船公司的"克利斯托巴尔哥朗号",在太平洋上也碰到了这只水怪。由此可见,这只鲸鱼类水怪的移动速度着实惊人。

后来,世界各地的海域几乎都出现了这只诡异的水下怪物的身影,目击报告更是层出不穷。在各大城市里,这只怪物家喻户晓。咖啡馆里歌唱它,报刊上嘲笑它,舞台上扮演它。同时,谣言也出现了,在一些小报上,出现了关于各种离奇的巨大动物的报道。后来,在学术团体里和科学报刊中产生了相信者和怀疑者,这两派人无休止地争论着。

"怪物问题"使人们激动。自以为懂科学的新闻记者和一向自以为多才的文人开起火来,他们在这次值得纪念的笔战中花费了不少的墨水!

到了1867年,人们又听说发生了一些新的事件。现在的问题并不是一个亟待解决的科学问题,而是必须认真设法避免的一个危险——这个怪物变成了小岛、岩石、暗礁,但它是会奔驰的、不可捉摸的、行动莫测的暗礁。

最先受害的是蒙特利奥航海公司的"摩拉维安号"。1867年3月5日,"摩拉维安号"夜间驶到北纬27度30分、西经72度15分的地方,船右舷撞上了一座岩石,可是,任何地图都没有记载过这一带海面上有这座岩石。由于风力的助航和400马力的推动,船的速度达到每小时13海里。毫无疑问,如果不是船身质地优良,特别坚固,"摩拉维安号"被撞以后,一定会把它从加拿大载来的236名乘客一齐带到海底去。

事故发生在早晨5点左右天刚破晓的时候。船上值班的海员们立即跑到船的后部,他们十分细心地观察海面。除了有个

600多米宽的大漩涡——好像水面受过猛烈的冲击,他们什么也没有看见,只把事故发生的地点确切地记了下来。"摩拉维安号"继续航行,似乎并没有受到什么损伤。

这事实是十分严重的,可是,三个星期后,又发生了一起几乎相同的事故,而且受害的船只更有声望,所以"摩拉维安号"事件很快就被人忘掉了。这次的受害船的所属公司总裁是苟纳尔,他在世界上可是无人不知无人不晓,这位精明的企业家早在1840年就创办了一家邮船公司,当时只有三艘载重1162吨的木船。八年以后,公司扩大了,共有四艘载重1820吨的大船。再过两年,又添了两艘动力和载重量更大的船。1853年,苟纳尔公司继续取得装运政府邮件的特权,一连添造了"阿拉伯号""波斯号""中国号""斯各脱亚号""爪哇号"等,这些都是头等的快船,而且是最宽大的。

1867年4月13日,风平浪静,"斯各脱亚号"在西经15度12分、北纬45度37分的海面上行驶着。下午4点16分,乘客们正在大厅吃点心的时候,在"斯各脱亚号"船尾、左舷机轮后面一点儿,似乎发生了轻微的撞击。

"斯各脱亚号"不是撞上了什么,而是被什么撞上了。撞它的不是敲击的器械,而是钻凿的器械。这次冲撞是十分轻微的,要不是管船舱的人员跑到甲板上来喊:"船要沉了!船要沉了!"也许船上的人谁也不会在意。

乘客们起初十分惊慌,但船长安德生很快就使他们安稳下来。危险并不会立刻就发生。"斯各脱亚号"由防水板分为七大间,一点儿也不在乎其中一个有漏洞。

安德生船长立即跑到舱底下去。他查出第五间被海水浸入了，海水浸入十分快，证明漏洞相当大。好在这间里面没有蒸汽炉，不然的话，炉火就要熄灭了。

安德生船长吩咐马上停船，并且命令一个潜水员下水检查船身的损坏情形。一会儿，他知道船底有一个长2米的大洞。还好当时他们离码头并不远，这才勉强把船驶进了公司的码头。

"斯各脱亚号"被架了起来，工程师们开始检查。他们眼睛所看见的情形连他们自己也不能相信。在船身吃水线下2.5米的地方，露出一个很规则的等边三角形的缺口。铁皮上的伤痕十分整齐，就是钻孔机也不能凿得这么准确，弄成这个裂口的锐利器械一定不是用普通的钢铁制成的，因为，这家伙在以惊人的力量向前猛撞，凿穿了4厘米厚的铁皮以后，还能用一种很难做到的后退动作，使自己脱身逃走。

这次事件又一次使舆论轰动起来。从这时候起，所有从前原因不明的航海遇难事件，现在都算在这个怪物的身上了。由于它的存在，五大洲间的海上交通越来越危险了。于是，大家都坚决要求不惜任何代价清除海上这条可怕的鲸鱼怪。

二、赞成和反对

　　这些事件发生的时候,我正从美国内布拉斯加州的贫瘠地区做完了科学考察回来。由于我是巴黎自然科学博物馆的副教授,法国政府派我参加这次考察。在内布拉斯加州度过了6个月的时间,3月底,我满载着珍贵的标本回到纽约,我动身回法国的日期定在5月初。所以,我就在逗留期间,把这次收集来的矿物标本和动植物标本加以整理,而"斯各脱亚号"的意外事件就是在这个时候发生的。

　　当我到纽约的时候,这事件正闹得沸沸扬扬。有些不学无术的人曾经说那是浮动的小岛,是不可捉摸的暗礁;不过,这种假设,现在完全被推翻了。理由是,除非这暗礁的腹部有一架机器;不然的话,它怎能这样快地到处移动呢?

　　同样地,说它是一只浮动的船壳或是一只巨大的破船,这假设也不能成立,理由仍然是它转移得那么快。因而,这个疑问只剩下了两种可能:一是认为它是一种巨大的怪兽,二是认为它是一个有极大动力的"潜艇"。这两种可能性都有坚定的支持者、拥护者。

这后一种理论，似乎最合逻辑，但它又禁不起从欧美方面来的质问，怎么可能有某个人操纵这样庞大的机器？他又是何时何地、如何建造这个庞然大物的？又如何让这庞大的建造过程秘而不宣呢？依我看，建造这么庞大的武器，只有国家政府才有资格进行，或许某国已在尝试建造了。

不过，许多国家纷纷公开声明，否认了是作战武器。我们没有理由怀疑这些声明的真实性。更何况，有谁能想象这般武器的建造能逃过公众的注意？一个人要想保守秘密尚且困难，没有不透风的墙，更何况一个随时都被强大对手监视的国家。因此，经过英国、法国、俄国、西班牙、意大利、美国甚至土耳其的质询后，海下武器的观点就被明确否定了，不用怀疑。

如此一来，在那些小报炮制笑话的同时，公众又开始了对怪兽这个想法的青睐，于是各种各样的怪物纷纷在媒体上被报道。

在纽约时，一些人便向我询问过此事。在法国，我出版了《海底深处的秘密》。这本书受到了科学界的关注，并使我成了自然历史学科的专业人员。因此，人们想知道我的见解。甚至《纽约先驱论坛报》直接高呼"请尊敬的巴黎自然科学博物馆教授皮埃尔·阿龙纳斯先生说点什么，再请表明观点"。我不能再保持沉默了，就从政治和科学的角度阐述了我的观点。我写道：既然所有其他理论不能够成立，那我们只能接受这一种解释，即海底有某种巨能水生动物。

我们对广阔神秘的大海一无所知，连声音也无法到达海底深处。在那些深幽的峡谷中到底发生了什么？在海面以下12-15英里生存或能够生存哪些生物？这些动物是怎样生存的？我们至今还无法猜测探究。不过，综合多方面资料，我认为那怪物很可能是一种我们不了解的鱼或鲸。它们生活在深不可测的海底，只有偶尔的某种活动或冲动幻想，它们才会跑到海面上来。我对自己的推断深信不疑，有了一种去近距离接触它的冲动。我坚持认为，海洋中存在着巨型的生物。

一般的独角鲸，能长到60英尺长。如果这种鲸再增长5—10倍，并拥有相应的致命机能和力量，那么它就和我们讨论的巨兽及水手们看到的一致了，也就可以想象"斯各脱亚号"上的窟窿是怎么一回事了，也能解释船体上穿洞所需要的力量是从哪里来的了。

独角鲸有一个坚硬如铁的角，比其他种类鲸的角厉害得多。它虽然能轻松地穿透船体，但却无法从船体抽出。巴黎医学院的博物馆里就有这种鲸角，长达7.45英尺，角根部达19英寸厚。现在，我们想象一下，把独角鲸放大10倍，力量也增长10倍，要是以每小时20英里的速度航行，甚至再提高1倍，你一定能想到这会带来什么样的结果。

在没有得到更充分的证据之前，我会坚持我的观点，即巨兽是头奇大的海洋生物，长着坚硬的长角，并且体积和力量是超乎人们想象的。尽管这一奇闻人们都未耳闻目睹过，但我一直坚持自己的解释；要不然，这一切都成了猜测、流言。

我的文章产生了极大的反响，有很多人拥护它，而且文中提出的结论符合人们的猎奇心态。因为只有海洋才是巨大动物可以繁殖和生长的环境，陆上的动物，大象或犀牛之类，跟它们比较起来，简直渺小得很。一片汪洋大海里既然有我们所知道的最巨大的哺乳类动物，说不定也有硕大无比的软体动物和看起来叫人害怕的甲壳动物。如100米长的大虾，或200吨重的螃蟹！为什么不能有呢？从前跟地质学纪年同时代的陆上动物，四足兽、四手兽、爬虫类、鸟类，都是按照巨大的模型创造的。造物者用高大的模型把它们造出来，经过漫长的岁月，这模型渐渐缩小了。在深不可测的海洋（因为海洋几乎是永不更改的）中，为什么不能保存从前另一时代的巨大生物的品种呢？为什么不能藏有那些巨大生物的最后变种呢？

尽管有一些人把这事看成是一个有待解决的纯粹科学问题；但另一些人更加注意实际，他们主张把海洋上这个可怕的怪物清除掉，使海上的交通安全获得保障。特别是美国和英国工商界的报刊，都从这个观点来研究这个问题。

公众的意见一提出来，美国首先发表了声明，要在纽约组织一支清除独角鲸的远征队。一艘高速度的二级战舰"林肯号"定于近期出海。各造船厂都给法拉古司令官以各种便利，帮助他早一天把这艘二级战舰装备起来。事情往往就是这样，等人们决定要追赶这怪物的时候，怪物再也不出现了。在两个月的时间内，谁都没有得到怪物的消息，也没有海船碰见过它。好像这只怪物已经得到了人们准备进攻它的情报。因为大家说得太多了，甚至通过大西洋的海底电线来讨论！所以，爱说笑话的人说，这个聪明的东西一定在中途窃听了电报，不敢随便出来冒险了。

因此，这艘用作远征而且装有强大打鱼机的二级战舰，现在不知道向哪里开才好，大家越来越不耐烦了。忽然，7月2日，圣弗朗西斯科轮船公司从加利福尼亚开往上海的一只汽船"唐比葛号"，三个星期前在太平洋北部的海面上又看见了这个东西。

这消息引起了极大的骚动。大家要法拉古司令官在24小时内启程出发。船中日用品全装上去了，舱底也载满了煤，船上各部门的人员都准备就绪。现在只等升火、加热、解缆了！大家不容许这船再有半天的延期！再说，法拉古司令官本人也想立刻就出发！

在"林肯号"离开布鲁克林码头之前3小时，我收到一封信，信的内容如下：

送交纽约第5号路旅馆，巴黎自然科学博物馆教授阿龙纳斯先生。

先生：

如果您同意加入"林肯号"远征队，美国政府很愿意看到这次远征有您代表法国参加。法拉古司令官已留下船上一个舱房供您使用。

海军部长：J.B.哈布森

三、"林肯号"出发

在收到 J.B. 哈布森的信之前,我从没想到要去追捕这个海洋巨兽,我想的是要寻找"西北通道"。读了尊敬的海军部长的亲笔信后,我才明白,追捕这个独角鲸,是人们需要我做的,是我真正有意义的假期,也是我感兴趣的事。于是,我就接受了美国政府的邀请。

我做出这个决定还是有那么一点私心的,我在想,如果真的能在欧洲海域抓住这只水下巨怪,就能带回至少 1.5 英尺的长牙,献给自然科学博物馆。嘿嘿,那我无疑将成为博物馆里最受尊敬的人。

但是,在目前情况下,我们应在北太平洋搜寻这个独角鲸,和我想去法国的方向恰恰相反。

"康塞尔!"我不耐烦地喊我的仆人。

康塞尔今年 30 岁,比我小 15 岁,他是一个忠诚的年轻人,一路上跟随着我。他是比利时人,生性缺乏热情,特别遵守传统习惯,但手很巧,而且很少会被生活中的意外吓倒。经常和喜爱植物的科学家们交往,康塞尔耳濡目染,学到了许多知识,他快成自然科学分类专家了,能把各类生物分得一清二楚,什么门、纲、亚纲、目、科、属、亚属、种、变种等等。但是他只知道这些知识,全部的生活便是分类,其他的一概不知。他看过许多关于分类的理论,可他对实际问题知道得很少,甚至搞不清巨头鲸和一般鲸的区别。不过,总的来说,康塞尔还是个很好的青年,很得力的助手。

"康塞尔!"我又喊了一声。

我完全信任康塞尔的忠诚。原来从未问他是否愿意陪我旅行,但这一次冒险,又不知需要多少时间,而且面对的敌人是个能使轮船沉没的巨怪,我得让他好好想一想,看他如何打算。"康塞尔!"我喊了第三声。康塞尔出现了。

"先生在叫我?"他边答边向这儿走。

"是的,把你我的东西都收拾好,我们将在2小时内出发。"

"随先生的意。"康塞尔平静地回答。

"别浪费时间,装上所有的旅行装备,所有的箱子、衣服、鞋袜,快点。"

"先生的收藏品呢?"

"以后再说。"我说。

"什么?先生收集的这些宝贝⋯⋯"

"他们会给我们保存在宾馆里。"

"先生,这些活样品呢?"

"他们会喂的,而且,我会让人帮忙送回法国的。"

"那么,也就是说我们不回巴黎了?"康塞尔问。

"是的⋯⋯甭着急⋯⋯只是转个圈。"我说得含糊其词。

"怎么转圈随先生的意。"

"哦,时间不会很长,但可能很曲折,我们要和'林肯号'一起航行。"

"随先生的意。"康塞尔还是那么平静。

"你知道,宝贝,这与那个怪兽有关……那个讨厌的独角鲸……我们要摆平这个家伙!我这个《海底深处的秘密》的作者不能拒绝将军的邀请!尽管前途迷惘,但我还是得去。"

"无论先生去哪儿,我都会陪着去。"康塞尔回答。

"你再想想,这种冒险可能会丢命的!"

"随先生的意。"15分钟以后,康塞尔把箱子整理好了,我相信什么也不会缺少,因为这个人对衣服的分类,跟对鸟类或哺乳类动物的分类一样敏感。

在挤满人的服务台前,我算清了账目、付了钱。我托人把一捆一捆打好包的动植物标本运回巴黎,还留下一笔钱,托人喂养那些动物。就绪后,康塞尔跟着我上了马车。

马车从百老汇路直到团结广场,再经过第4号路到包法利街的十字路口,走入加土林街,停在34号码头。这一趟车费是20法郎。码头边,加土林轮渡把我们送到布鲁克林。布鲁克林是纽约的一个区,位于东河左岸,走了几分钟,我们便来到停泊"林肯号"的码头,"林肯号"的两座烟囱正喷出浓密的黑烟。

立刻有人把我们的行李搬到这艘大船的甲板上。我赶紧上船,问法拉古司令在什么地方。一个水手领我到船尾见他。这位军官气度不凡,他向我握手,对我说:"皮埃尔·阿龙纳斯先生吗?"

我握住了他的手，点了点头："您是法拉古司令吗？"

"是。欢迎欢迎，教授。您的舱房早就准备好了。"

我行了个礼，让司令去做开船的准备，另外有人领我到舱房。"林肯号"内部的装备完全合乎这次任务要求，它是一艘速度很快的二级战舰，装有高压蒸汽机，可以使气压增加到7个大气压力。在这个压力下，其速度平均可以达到每小时18.3海里，但我觉得这速度想跟那只巨大的鲸鱼类动物搏斗还是不够的。我很满意我所住的舱房，它位于船的后部，房门对着军官们的餐室。

康塞尔瞧着行李，我上了甲板，观看准备开船的操作。

这时候，法拉古舰长正要人解开布鲁克林码头缆柱上拴住"林肯号"的最后几根铁索。看来如果我迟到一刻钟，船就会开走，我也就不能参加这次出奇的、神秘的、难以相信的远航了。法拉古舰长不愿意耽搁每一分钟，他要尽快赶到那个怪物所在的海中。

法拉古舰长把船上的工程师叫来了，威严地问："蒸汽烧足了吗？"

"烧足了，舰长。"工程师回答。

"开船！"法拉古舰长一声令下。

开船的命令通过话筒传到机器房，操作人员接到命令，立即让机轮转动起来。于是"林肯号"在上百只满载观众前来送别的渡轮和汽艇的行列中，庄严地向前行驶了。

在晚上8点的时候，"林肯号"已经在大西洋黑沉沉的波涛上奔驰了。

四、初遇奈德兰

法拉古舰长是一位优秀海员,是当之无愧的战舰指挥官。他行事果断,雷厉风行,严禁船员讨论有没有海怪这个问题——他坚信海怪存在,而且坚信自己可以把这只妨碍海上安全的家伙给除掉。

海员们尽职尽责地工作着,他们总是在侦察着辽阔的海面。不止一个海员抢着要到桅顶横木上去值班;要是换了另一种情况,这种苦差事是没有人肯干的。他们唯一的愿望就是碰上那个怪兽,用鱼叉逮住它,然后将其拖到船上宰了。法拉古将军曾许诺,最先发现独角鲸的,可得到 2000 美元奖金。

至于我,也不甘落后,每天做着细致的观察。"林肯号"就像是长着 100 只眼睛的巨人。但有一个人例外,那就是康塞尔,他好像对此不感兴趣。

我已经说过,法拉古将军为他的船精心配备了各种猎具,没有哪种捕鲸船能和它争高低。从手掷的鱼叉到能射出倒钩箭的旧式大口径短枪和回旋枪，一应俱全。在前甲板上还立着一门特制的后膛装填炸药的加农炮，炮管很厚，但口径很窄。这种加农炮是由美国人发明的，它可以轻松地将一颗重9磅的圆锥形炮弹发射到10英里之外。

因此，"林肯号"并不缺乏灭敌武器。更为重要的是，船上有鱼叉王奈德兰。奈德兰是加拿大人，身体结实又体格强健，他在危险的生涯中还没遇到过对手。他技艺高超，头脑冷静又有胆识，就是最聪明的鲸鱼也难逃他手中的鱼叉。

奈德兰40多岁，身高超过6英尺，不爱说话，而性情有时很粗暴，有人反驳他时，那大脾气就上来了。他最惹人注意的地方莫过于那双锐利的眼睛，他的眼力和臂力就能抵得上所有的船员。他像一个高倍数的望远镜，同时又像一门随时准备发射的加农炮。

加拿大人和法国人有着许多的相同点。奈德兰不爱说话，这一点又非常像我。我的国籍毫无疑问地吸引着他，因为对他来说这意味着贴切的交谈机会；对我也是如此，可以听到仍然在加拿大某些省份使用的古老的哈伯雷语。他来自魁北克。奈德兰逐渐乐意和我交谈了，我也很高兴听他讲在北极水域的冒险经历。他绘声绘色地讲述他的捕猎和战斗经历，充满诗情画意，我甚至觉得自己正在聆听加拿大式的荷马史诗，歌颂遥远北方的《伊利昂纪》。

从这时起，我开始了解奈德兰，我们成了好朋友。

然而，他怎样看待这个海怪呢？我不得不承认，他完全不相信有什么独角鲸，他是整艘船上唯一的"异教徒"，我曾试探着和他讨论,他甚至避免谈论这个海怪。

  7月30日晚是不同寻常的,此时我们已出海三个星期了。"林肯号"离开了距巴塔哥尼亚海湾30英里的下风处的布兰科港,船已跨过了南回归线,往南700英里就是麦哲伦海峡。一个星期后,"林肯号"便能驶进太平洋海域。

五、海面大搜寻

"林肯号"继续航行,在这些天当中,并没有碰到什么意外。但发生了一件事,这件事使得奈德兰展现出了他惊人的技巧,同时也说明了我们对他的那种信任是应该的。

6月30日,在马露因海面上,"林肯号"向美国的捕鲸船打听那条独角鲸的消息,这些捕鲸船都说没碰见。但其中的"孟禄号"捕鲸船船长,知道奈德兰在我们船上,要请他帮忙追捕已经发现的一条鲸鱼。法拉古舰长很想看看奈德兰的本领,就准许他到"孟禄号"船上去。我们的加拿大朋友运气真好,打了两条鲸鱼,他投出双叉,一叉直刺入一条鲸鱼的心脏,追赶了几分钟以后,另一条也被捕获了。毫无疑问,如果我们追赶的那个怪物真的跟奈德兰的鱼叉相碰,我敢断定那个怪物一定会丧命在鱼叉之下。

"林肯号"战舰以惊人的速度沿着美洲东南方的海岸行驶。7月3日,我们到达了麦哲伦海峡口上。但法拉古舰长不愿意通过曲折的海峡,要从合恩角绕过去。

全体船员一致赞成他的主张。的确，我们哪能在这么狭窄的海峡里碰到那条独角鲸呢！大多数水手都肯定怪物不能通过海峡，因为它身体很大，海峡容不下它！

7月6日，下午3点左右，"林肯号"在海峡南边15海里的海面上，绕过了这座孤岛。这是伸在南美洲最南端的岩石，从前荷兰航海家把自己故乡的名字送给它，称它为合恩角。现在船向西北开，明天，战舰就要进入太平洋了。

"睁大眼睛，密切注意海面！""林肯号"上的水手们喊道。

他们的眼睛全都睁得又圆又大，而船上的望远镜一刻也没有休息；毫无疑问，人们是被那高额的2000美元搅得有些迷惑了。不分白天和黑夜，人们如同机器一般，不知疲倦地注视着海面。黑夜里更是如此，要知道，鲸在夜间更容易浮出水面，所以，这可是赢得奖金的大好机会。

我一点儿也不比其他人落后。虽然我对那笔钱没兴趣，但还真希望首先发现这个梦寐以求的海怪。每当有一些鲸鱼将背露出海面时，船上所有能看到它的人都会激动万分。甲板上立即会挤满了人，所有的舱门会立即打开，将领和水手们蜂拥出舱门，每一个人都激动得心都要跳出来了，眼睛里透着渴望盯着那鲸鱼忽隐忽现。我也会时刻盯着它，差不多眼睛都要睁瞎了。在一旁的康塞尔对这激动的场面并没有热情，他态度平和地说："先生要想看得更清楚一些，可不要把眼睛睁得那么大。"

所有的激动都是空欢喜一场。"林肯号"急速地转变航向，向那不明真相的动物猛扑过去，结果发现只是普通鲸鱼或是抹香鲸，它在人们的诅咒与懊丧中消失，随着海浪慢慢地离开了。

不过,这几日,天空晴朗,没有风,我们在晴朗的日子里继续前进。

7月20日,在西经105度处,我们跨过了南回归线。同月的27日,我们在110度的经线处又跨过了赤道。从此,"林肯号"开始进入最为明确的西行航线,驶进了中太平洋水域。还是法拉古将军想得对,他有抓捕"敌人"的最好策略,那就是把船驶向深水区域,远离陆地,因为只有深海区域才能让那个大家伙活动自如。于是,"林肯号"在深水区做了大范围的航行,从土阿莫土群岛到马克萨斯群岛和夏威夷岛,在西经132度处跨过北回归线,驱向中国海域。

我们终于到达了海怪最后一次作怪的地方,人们的精神都已经高度紧张、疲倦不堪了,没有人能像以前那样吃饭、睡觉。由于这种急躁情绪每天都得重复进行,因此我们都不能平静下来,总是处于异常暴躁的状态。

3个月来,"林肯号"搜寻遍了北太平洋,我们保持着高度紧张,追逐着海面上一切可疑的生物,搜寻了从日本到美国之间所有海域的每一个角落;但除了汪洋的大海,什么也没有发现,甚至连一个大致相似的独角鲸都没有发现。这让每个人都心灰意冷,甚至怀疑海洋里根本就没有所谓的海怪。这种情绪让人变得狂躁,一年来所积累的所有情绪立即爆发了出来,像火山喷发一般不可阻止。

这种情绪的爆发从船的内部开始,无论烧煤工作台还是军官的食堂都蔓延着这种思想。要不是法拉古将军特别固执、深信不疑,"林肯号"可能会永远地向南驶去。其实谁都明白,这种毫无结果的搜捕不可能维持多长时间,船上的每一个成员都已经尽了一切努力。美国海军的这些水手也无须为这次失败而受到谴责，他们已没有别的事情可做，只有返航。

　　船员们共同写了请愿书，要求改变计划。但遭到将军的拒绝，他们心底的不满再也隐瞒不下去了，就开始懈怠工作，船上的秩序因此受到了严重的影响。这次不小的波动虽然不同于发生兵变，但军心已经大乱，船员们的情绪不可能很快地冷静下来，将军不关心船员的做法显然不行，必须严肃考虑他们的请愿问题。最后，法拉古将军决定再追捕三天，如果在三天期限里还没有海怪出现，舵手就可以掉转舵轮，"林肯号"就可以放弃追捕任务，返回欧洲。这项承诺做出的当日就发挥了效果，船员们重新精神抖擞，再次仔细地搜索海面、观察海面动静，每一个人都在为这个承诺而振奋。

　　两天时间走得飞快，"林肯号"一直在低速行进，但那巨兽始终没露面。船的后面拖着大块大块的猪油充当诱饵，这些都成了鲨鱼口中的美味佳肴。"林肯号"上的小艇都被放入大海，在周围游动，搜索每一块海域。然而 11 月 4 日的夜幕已经降临，这个水下巨兽还是没有出现。

　　11 月 5 日正午，规定的期限到了。中午一过，法拉古舰长就要履行他的诺言，放弃太平洋的北部海域，向东南方航行。

　　船这时正在北纬 31 度 15 分、东经 136 度 42 分处。日本就在离我们 200 英里左右的地方。夜幕降临，片片的乌云掩盖了月亮，大海上微波荡漾。

　　这时候，我倚在船头栏杆上。康塞尔站在我的旁边，眼睛向前看着。船员们都站在桅绳高处，细心搜索逐渐缩小的海面。

月亮时而从朵朵的云间吐出一线光芒,时而又消逝在黑暗中。

"喂,康塞尔,"我跟他说,"现在是获得2000美元奖金的最后机会了。"

"请先生容许我对这件事说句话,"康塞尔回答,"我从不想获得这笔奖金,即使联邦政府承诺20万美元,我也觉得毫无意义。"

"你说得对,康塞尔。总之,这确实是一件愚蠢的事情,我们没怎么考虑就参加进来了。这既浪费了时间,又消耗了精力!要不,6个月以前,我们已经回到法国了……"

"回到先生的公寓里!"康塞尔答道,"在博物馆研究的各种标本已分类了!先生的那些珍禽异兽早被安置在植物园的笼中,吸引着巴黎全城所有好奇的人来参观了!"

"正跟你所说的一样,康塞尔,我们还真不知道人家会怎样嘲笑我们呢!"

"可不是,"康塞尔安然地回答,"我想,人们一定会嘲笑您,先生。而我会说……"

"你说下去,康塞尔。"

"好,那就是先生应得的报酬!"

"的确是这样!"

"一个人如果有幸能和先生一样是一位学者,他就决不该冒昧从事……"康塞尔语音未落,突然听到一声叫喊,那是奈德兰的声音,他喊着:"看哪!我们寻找了很长时间的家伙就在那里,正斜对着我们呢!"

六、开足马力

一听到这喊声,全体船员,从舰长、军官、水手长一直到水手、练习生,甚至工程师也丢下机器,锅炉工也离开锅炉,大家都向鱼叉手这边跑来。停船的命令发出了,船处于无动力状态,在海面随意漂移。

那时天色非常黑暗,我纳闷这个加拿大人是如何看见的。

我的心跳得非常厉害,简直要炸了。可是奈德兰并没有看错,我们大家都看到了他的手所指的那个东西。

离"林肯号"右舷 370 米左右,海面好像是被水底发出的光照亮了;这光并不是一般的磷光。

这个怪物潜在水下,放出十分强烈而神秘的光,就像有些船长的报告中所指出的那样。发光的部分在海面上形成了一个巨大的椭圆形,拉得很长;椭圆形中心是白热的焦点,射出强烈的光芒,这光芒渐远渐淡。

"那不过是无数磷分子的集合体。"一位军官说。

"不,"我很有把握地回答,"富拉得或沙尔巴之类的动物决不能发出这么强的光。这种光只能是电力的光……看！看！它动了！它向前动，又向后移！它向我们冲来了！"

人群中传出一阵惊呼。"安静！"法拉古将军不愧为将军，关键时刻出马了，"转向背风，发动引擎！"

船员们立刻各就各位，水手冲向船舵，工程师奔向引擎室，"林肯号"立即转动起来，朝左舷转动了半圈。

"右舵！前进。"将军大声命令。

船员们精神抖擞，"林肯号"迅速地离开光源。

但是，光源还是逐步靠近，"林肯号"想离开点，但没想到那个奇特的怪物却跟定我们了。

我们全都屏住呼吸，并不是害怕，而是被这种情况惊呆了。我们既不敢出声，又不能移动，这个怪物现在已经毫不费力地控制了我们。

尽管"林肯号"的航行速度已达到14节，但是这个海怪还是紧紧地环绕着我们，好像我们的船用某种无形的绳索拉着它，而它用某种电光束封住了我们的船。

航行两三英里后，这个怪物突然间消失了，只留下一道灿烂的磷光尾迹，如同一列蒸汽火车冒出的烟柱。

在漆黑的地平线边，这个海怪蓄积起惊人的力量快速地向"林肯号"撞来。在冲到离船体20英尺处时，它又停下，然后消失了，一点儿也不像是潜入海底，而是突然不见了，就好像这种光源突然间断了电！不大一会儿工夫，这个怪物又出现了，这次在船的另一侧露出，它不是钻到水下，就是围着船转悠；看来，一场毁灭性的相撞随时都有可能发生。

然而,"林肯号"的所作所为,又让我感到惊讶!它不是去进攻,反而像耗子见了猫似的逃亡。

这样,不是"林肯号"追捕海怪,而是被海怪追逐。我向法拉古将军提出了异议,而他那张原本没有表情的脸却充满了惊愕。

"阿龙纳斯先生,"他说,"你应该知道我们现在正和一只可怕的怪物打交道,而且我也不希望稀里糊涂地在黑夜里拿我们的'林肯号'去冒险。此外,军事上说,知彼知己,方能百战百胜,我们还没弄清楚对方是个什么样的东西,又如何去进攻?又如何保护自己不受它的侵犯?我们要等待,到天亮以后我们就会取得主动的。"

"将军,你对眼下的这个海怪还有怀疑吗?"

"没有,显然是一头庞大的独角鲸,而且自身还能发电。"

"也许是吧,"我补充说,"这是一类接近电鳗的动物。"

"也许,倘若它具有超级的骇人力量,那么它一定是上帝创造的最可怕的动物。先生,这样说你会明白我为什么不去进攻了吧?"所有的船员整个晚上都没有合眼,也没有人想到要睡觉。

由于"林肯号"再快也比不上那个海怪的速度,因此我们也不必全速逃亡了,航速降了下来,处于半速巡航状态。没想到,那个海怪也随着船速慢了下来,悠闲地在波浪中戏水,它似乎打定主意不走,跟我们较起了劲儿。

然而,在半夜时分,海怪又不见了,更确切地说,像一个巨大的萤火虫"飞走"了。

它真的逃跑了吗?人们希望它跑掉,但又不想让它彻底跑掉，反而担心起来。不过，在0点53分的时候，我们听到震耳欲聋的像是海啸的响声。

我和法拉古将军，还有奈德兰都在船尾，焦急地注视着海面。

"奈德兰，"将军突然张口，"你经常听到鲸鱼叫，是吗？"

"是的，先生。但我还没有听到过刚才咱们所看到的那种鲸鱼的叫声。"

"别那么着急，那2000美元的奖金是你的了，但是你告诉我，当它们喷水的时候是不是都会有这样的响声？"

"是的，先生。但这种鲸体积更大，叫声也会更大，"这个加拿大人又补充道，"我们将会在黎明时和它对话。"

"那就要看它有没有心情听了。"我以一种怀疑的方式回了一句。

"如果我离它只有四叉远，"鱼叉手回答说，"那它就不得不听了！"

"但是，如果你想靠近它，我派一艘快艇任你调遣！"法拉古舰长说。

"当然，先生。"

"但是，那样将会威胁到我们船上人员的生命。"

"也威胁我的安全！"鱼叉手坦然答道。

凌晨2点钟，那个海怪再次出现在"林肯号"迎风处5英里的地方，它身上依然闪烁着亮光，同原来没有什么两样。风和海水的声音都很大，船和鲸的距离又那么远，可我们依然能听见它用尾巴搅水的声音，也能听到它在水下的呼吸声，当它把空气吸入肺部时，便会发出令人发怵的响声，就好像一台

2000 马力的引擎将空气吸进气筒一般。

"嗯！是一头胜过一支军队力量的巨鲸，一定可以做成极优秀的鲸鱼标本。"我在私下里嘀咕着。一直到天亮，我们都没敢放松警惕，时刻处于戒备状态，准备战斗。

所有用于捕猎这个海怪的武器，能拿来的都拿来了，摆在栏杆边上。

首先，水手们装填旧式大口径短枪，这种枪可以把鱼叉射出 1 英里远。那些长长的回旋枪可以发射火药弹，即使是最强大的凶猛动物被击中也将致命。

奈德兰这时也开始着手准备了，他正在抓紧时间磨一把闪着寒光的鱼叉。

6 点，天开始发亮，当黎明的第一束光出现时，那个神秘海怪身上的电光消失了。7 点时，天大亮了，但是眼前出现厚厚的雾，层出不穷，模糊了我们的视线，连最好的望远镜也看不清楚海怪在什么地方了，这使我们感到非常失望和气愤。

我爬上后桅杆，桅顶上已经有一些军官了。

8 点过后，海上的雾开始逐渐消退，巨大海浪的漩涡一点儿一点儿显露出来，海面越来越宽，越来越清晰。

突然，像昨晚那样，奈德兰叫起来了。

"我们找的那个东西，在船左舷后面！"鱼叉手喊着。

大家的目光都转向他手指的地方。

在那边，距战舰 1.5 海里左右，一个长长的黑色躯体浮出水上 1 米。它的尾巴搅动着水，搅成很大的一个漩涡。那力量是如此巨大，我觉得任何东西都无法这么有力地击打海水，能留下如此巨大、雪白耀眼的水纹。

"林肯号"靠近了这只鲸鱼类动物。我粗略地估计了一下，它不过250英尺长，宽度却难以估量。奇怪的是，这个动物长宽高三方面的比例都十分奇特。

当我正在观察的时候，两道水和汽从它的鼻孔吐出来，直喷到40米的高度，这一点使我肯定了它呼吸的方式。我最后断定这只动物属于脊椎动物门，哺乳纲。

船上人员等法拉古舰长的命令等得不耐烦了。舰长专注地观察了这只动物后，叫来了工程师，工程师跑来了，舰长问："先生，气压足了吗？"

"足了，先生。"工程师回答。

"好，增大火力，全力驶去！"

"林肯号"在机轮的猛力推进下，径直向这怪物冲去。这怪物一点儿也不在意，战舰离它半锚左右的时候，它还不潜入水中，仅略作逃避的样子，不走远，只是保持着这样的距离。

这样若即若离的追逐，持续了45分钟左右，看来，"林肯号"根本无法靠近它。这让法拉古舰长烦躁起来，只见他不时地捋着下巴处的一撮浓须，大喊道："奈德兰！"

加拿大人连忙跑过来，他可不想得罪舰长。

"好，奈德兰师傅，"法拉古舰长问，"现在您看是不是还要把小船放下海去？"

"先生，不，"奈德兰回答，"因为这个东西是不让人捕捉的，除非它出什么状况，否则我们不可能捕得到它。"

"那怎么办呢？"法拉古舰长有点沮丧地说。

"先生,尽可能加大气力吧,靠近一点。我会在船头前桅的绳梯上守着,等到了鱼叉投得到的距离时,就把鱼叉投出去。"

"奈德兰,就这样办吧。"舰长回答,又喊,"工程师,快加大马力。"奈德兰走上他的岗位。

火力尽量加大,机轮每分钟转 43 转,蒸汽从活塞里喷涌而出,"林肯号"这时的速度已经达到了每小时 18.5 海里,这已经是极限了。但可恶的是,那只水怪的时速也达到了 18.5 海里。而且,它似乎根本没有用全力。

在整个 1 小时内,"林肯号"咆哮着在海面上驰骋,却无法靠近那怪物 1 米。这对于美国海军中最快的一艘战舰来说,实在是太难堪了。船员中间遍布着不可遏止的愤怒。

水手们咒骂怪物,但怪物却不理睬他们。法拉古舰长不时捋着他的那撮浓须,而且现在已经开始绞起它来了。

工程师再一次被叫了过来。"已经是最高压力了吗?"将军问道。

"是的,先生。"工程师言简意赅。

"阀门承受力有多大?"

"6.5 个大气压。"

"加到 10 个。"法拉古舰长狠狠地绞了一下自己的胡须,脸上抽搐了一下。

"康塞尔,"我对我忠实的仆人说,"你知道我们随时都可能被炸上天吗?而不是被那海怪掀翻在海里。"

"随先生的意!"康塞尔回答。

我得承认,我不喜欢这种冒险的想法。

阀门超负荷地工作，煤被倒进火膛，迅速地冒烟、燃烧，送风机将强劲的气流吹向炙红的煤，散发出大量的热量。

"林肯号"的船速提高了，桅杆从上到下都在颤抖，浓烟滚滚，似乎是遭遇空袭了。

"怎么样？"法拉古舰长问。

"19.3节，将军。"

"再加些煤。"法拉古舰长一脸凝重。

工程师被将军的行为震惊了，压力表已达到了10个大气压，现在的"林肯号"在超负荷运转。

然而，那该死的海怪毫不客气地也"加了一些煤"，好像丝毫没有紧张，它的速度也达到了19.3节，稳定地和船保持着相对距离。

真是一场惊心动魄的人兽追捕大赛！我无法描述我此时的心情。简单地说，我从头到脚都在颤抖着。

奈德兰拿着他的鱼叉静静地等候机会的到来，曾有几次，海怪让我们靠近了它。"赶上它了！赶上它了！"每次，奈德兰都这样喊，然而，每当他准备动手时，那海怪都及时地跑开了。

而且，就是在我们速度最快时，它居然戏弄我们，在船的周围游来游去，船上的所有人都被它气疯了。

一直追到中午，我们还是没能赶上海怪，和早晨8点时的情景差不多。我们不能再被戏弄了。

法拉古舰长决定采用更直接的方式。"好吧，这个动物游得比'林肯号'快，那就让它尝尝炮弹的滋味吧，我不相信它还能逃出炮弹的射程。水手长，准备放炮！"

甲板上的加农炮立即装上了炮弹并瞄准了海怪,一声轰响,炮弹从海怪上方几英尺的高度飞过去,落在半英里开外的海里。

"换上瞄得更准的人!"法拉古舰长好像一头咆哮的野狮,"有谁能撕烂那海怪的皮,将得到500美元的奖金!"

一位胡子花白的老炮手目光镇定、面容冷静地走到大炮面前,花了很久的时间把炮位摆好。轰的一声炮响了,炮弹正打在动物身上,但是并没有给它致命的打击,而是从它圆圆的身上滑过去落在2海里远的海中。

"真怪!"老炮手暴跳如雷,说,"这浑蛋的身上一定有一层6英寸厚的铁甲!"

"该死的东西!"法拉古舰长骂道。

追逐又开始了,法拉古舰长弯腰对我说道:"我要一直追到我们的船爆炸为止!"

没有人反对将军,大家并不是想真的让"林肯号"爆炸,而是觉得这只动物迟早会筋疲力尽,因为它不可能跟蒸汽机一样,永远不感到疲倦吧。然而,事实让人们失望了,这家伙似乎真的一点都不感到疲倦,反倒是"林肯号"先吃不消了,发动机已经到了崩溃的边缘。法拉古舰长也不愿意真的把船弄爆炸,就吩咐工程师把船速降了下来。

我估计,在11月6日这倒霉的一天里,"林肯号"所跑的路程不下500千米!黑夜降临了,阴影笼罩了波涛汹涌的海洋。这时候,我以为我们的远征结束了,我们永远不能再见到这个古怪的动物了。可是我错了,晚上10点50分,电光又在战舰前方3海里的海面上亮起来,还是跟昨天夜里一样强烈。

那头独角鲸好像是停着不动。也许白天跑得累了,它睡着了,随着海水荡漾。这是一个好机会,法拉古舰长决定利用这次机会,他发出命令。

为了不至把敌方惊醒,"林肯号"降低速度,小心谨慎地前进。在大海中碰到睡着的鲸鱼,可以轻松地获胜,这并不是什么稀奇的事情,奈德兰也不止一次地在鲸鱼昏睡的时候叉中了它们。加拿大人又到了船头斜桅下,走上了他原来的岗位。

"林肯号"缓缓地前进着,一点儿声息也没有。这是因为精明的法拉古舰长下令关闭了发动机。现在,船靠惯性在水面上滑行着,什么声音也没有。

人们距白热的焦点不到100英尺了,光似乎变强了,照得我们感到眼前发昏。这时候,我伏在船头前面的栏杆上,看见奈德兰一手拉着帆索,一手挥动着他锋利的鱼叉。我们和这只睡着的动物距离不过20英尺了。

突然,奈德兰猛地把鱼叉投了出去,我听见"哐"的一声,鱼叉好像击中了什么金属东西。

电光一下子就消失了,与此同时,两股巨大的水柱冲向"林肯号"的甲板,海水从船头击向船尾,冲倒了所有的船员,连桅索也都被冲断了。

接下来,是一次猛烈的撞击,像地震爆发似的,我还没来得及抓住什么东西,就被猛地抛出栏杆,飞进了海里。

七、在海上漂泊

我由于意外落水而吓得发慌,但我还是很清楚地记得我当时的感觉。我首先下沉到约 20 英尺深的水里。还好我会游泳,连忙划着水浮出了水面。

我浮出水面后,首先就是看看战舰在哪里。船上是不是有人看见我掉下水了?夜色黑沉,我看到一大块黑东西在前方渐渐消失了,它的标灯远远地熄灭了。这一定是我们的战舰,我觉得自己没有希望了。

"救命!救命!"我喊着,两手拼命划着向"林肯号"游去。我身上的衣服非常碍事,粘在我身上,使我的动作不灵便。我要沉下去了!我不能透气了……

"救命!"这是我发出的最后呼声。我嘴里满是海水,我极力挣扎,我就要被卷入深渊中了……

忽然,我被一只很有力的手拉住,我感到自己被托出水面了,并听到这样的声音:"先生,请靠住我的肩膀,那样会游得轻松一些。"

我一个激灵,这是康塞尔,就一把抓住他的胳膊。"是你呀!"

"正是我,"康塞尔答,"我来伺候先生。"

"就是刚才的一撞把你跟我同时抛入海中的吗?"

"不是。为了服侍先生,我就跟着先生下来了!"

这个好人觉得这样做是很自然的!

"战舰呢?"我问。

"战舰?"康塞尔转过身来回答,"我想先生不要再指望它了。"

"你说什么?"

"在我跳入海中的时候,我听见舰上的人喊,舵和螺旋桨都坏了。"

"都坏了?"

"是的!被那怪物的牙齿咬坏了,船无法掌握方向了。"

"那么,我们完了!"

"也许完了,"康塞尔安静地回答,"不过,我们还可以坚持几个钟头,在几个钟头内我们可以做不少的事!"

康塞尔这样坚定和冷静,鼓舞了我的意志。我用力地游着。现在,我们的处境仍然十分危险。可能我们掉下海的时候,没有人看见;也可能看见了,但因为战舰的舵坏了,不能回到这边来救我们。现在,我们只有靠大船上的小艇了。

康塞尔很冷静地这样假设,并计划着随后应做的事。

现在我们唯一的生路,就是祈求"林肯号"能放下小艇来救我们,所以我们应该想办法,尽力支持,时间愈久愈好,等待小艇到来。于是我决定节约力量,使两人不至同时筋疲力尽。

下面是我们的办法：我们一个人朝天躺着，两臂交叉，两腿伸直，浮着不动；另一个人泅水把前一人往前推送。做这种"拖船"的工作，每人不能超过10分钟。我们这样替换着做，就可以在水面浮好几个钟头，也许可以一直坚持到天亮。到深夜1点左右，我感到极度疲倦，四肢痉挛得很厉害，渐渐发硬，活动极不方便。康塞尔不得不来支持我，我们保全生命的担子完全落在他一人身上。不久我听到这个可怜人发喘了，他的呼吸渐渐短促了。我明白他也不能支持很久了。

"丢下我吧！丢下我吧！"我对他说。

"丢下先生，永远不能！"他答，"我还要死在先生前头呢！"

海水在月亮下闪闪发光。我环顾四周，黑乎乎的一片，什么也看不到，这让我更加绝望了。

康塞尔依然拖着我，而我的状况越来越糟，手指僵硬了，嘴抽搐了，头也抬不起来了。

就在我觉得要葬身海底时，突然碰到了一个坚实的物体，就紧靠了过去。随后，我觉得有人拉我，把我拉到水面上来。

"康塞尔！"我低声说。

"先生叫我吗？"康塞尔答。

我睁开眼睛看到的不是康塞尔的脸，但我立即认出是谁了。"奈德兰！"我喊，"您也是在战舰被撞的时候被抛入海中的吗？"

"是的，教授，但情形比您好些，我立刻站在一个浮动的小岛上了。"

"一个小岛吗？"

"或者更正确地说，是站在你的那头巨大的独角鲸上。"

"奈德兰，请你讲清楚吧。"

"不过，我很快就了解我的鱼叉为什么不能伤害它，为什么碰在它表皮上就碰弯了。"

"为什么，为什么呀？"

"这家伙全身都是钢板！"

这，这怎么可能？我大吃一惊，也恢复了一点精神。我立刻爬到这个半潜的海怪身上，或者说是爬到我们救命恩人的背上。我试着用脚感受这个巨兽。很显然，它的皮毛坚硬无比，钢叉难入，不可能是肌肉松软的海洋哺乳动物。

我又想，这个坚硬的外表只是外壳而已，像史前的多骨动物一样，我把它归进类似海龟、短吻鳄一样的爬行动物。

但不是！它的背光滑油亮，并不粗糙。当受到撞击，它会发出刺耳的响声；毋庸置疑，它是由上了螺栓的钢板组成的。

这个震惊整个科学界、让船员大惑不解的怪物，应该是一件人类的杰作！

据我辨认，我们脚下的动物是某类呈鱼形的钢铁舰艇。"那么，"我说道，"这个家伙一定拥有某种运动工具，并且还有船员为它导航。"

"很明显，让我不可理解的是我已经在这块漂浮的岛上待了3小时，它却没有移动过。"康塞尔说。

"没有移动？"

"是的。阿龙纳斯先生。它始终躺在这里，任凭海浪冲击，一动也没动过。"康塞尔顿了一下，又补充道，"不过，我们知道它具有很快的速度。因此，它必须得由引擎来发动，而引擎的发动需要机械师来操纵,那么……"

这时,水中突然出现了一股漩涡,打到了这个奇怪的东西的后部。这个怪物开始移动,我们几乎来不及抓住它的头部,我更肯定它是由螺旋桨推动的。

"只要露在水上航行,我们就会平安无事。"奈德兰低声说道,"不过要是它潜在水里,我们就都得完蛋。"

我们急切地想和这艘船上的人联系上,便试着寻找天窗或舱盖,但是看见的只是一排排均匀整齐的没有裂缝的螺栓钉紧的钢板。

月亮消失了,我们又回到黑暗之中,什么也看不见,我们只有等到天亮后再想办法,看怎样才能进入这艘船内。

我们的命运完全掌握在那个该死的舵手手里了。如果船要潜入水里,那么我们就魂归大海了。另外,除非他们会制造氧气,否则他们要不时地冒出水面来补充空气。这样的话,在船的内部与外部间一定存在着通气口。

我们把希望寄予法拉古将军是完全泡汤了,现在怪物正驮着我们向西航行,航速估计有 12 节,螺旋桨有节奏地拍打着海面,偶尔也会浮出水面,将击起的水花抛得老高老远。

快 4 点时,这个怪船开始加速,这时,想浮在浪涛之上是十分困难的,浪涛拍打着我们的身子,如刀绞一样痛。就在这时,奈德兰幸运地看到一根绳圈,它系在钢板后面的上方,我们赶快抓紧。

漫长的黑夜终于结束了。奇怪的是,我隐隐约约地觉得船里在放着音乐,那是一种由遥远的和弦所产生的舰队和声。这让我的心里充满了问号：这船到底有什么秘密？这船里是些什么人？是什么引擎使这艘船开得这么快？

天亮了，朝雾笼罩着我们，但不久就消散了。我正要仔细观察一下上层形成平台的船壳的时候，船渐渐下沉了。

"喂！鬼东西！"奈德兰喊着，用脚狠踢钢板，"开门吧，不好客的航海人！"

但在推进器拨水的隆隆声响中，别人听不见他的声音。很幸运，船一会儿又不往下沉了。突然，一阵猛然推动铁板的声音从船里面发出来。一块铁板掀起来，出来一个人，这人怪叫了一声，立即又进去不见了。不久，八个又高又大的壮汉，蒙着脸，一声不响地走出来，把我们拉了进去。我们刚被拉进去，身后的舱盖就立刻关闭了。

八、神秘的海洋幽灵

这几个壮汉动作粗暴，行动迅速，我们还没反应过来便被带到了地下室。我不知道，当我的朋友们被带进那间漂浮的监狱时，他们的感受是什么；但我害怕极了，身陷囹圄，还不知道对手是什么样的人呢！他们可能是一类新型的海盗，以自己先进独特的方式出没于大海。

我看不清脚下的路，只感觉双脚踩在一架铁楼梯上；在我后面的奈德兰和康塞尔，他们也被那些罩着面具的人抓着。走近楼梯底部时，一扇门开了，待我们进去后又"咣"的一声关上了。

这是什么地方？我说不上来，也想象不到。周围一片漆黑，过了一会儿习惯后，我才发现黑暗中还透着点点光亮。

这时，奈德兰对如此不公的待遇发起脾气来。

"浑蛋！"他骂道，"这帮家伙简直就是一群强盗，但我一点儿都不怕。告诉你们，待我看到你们时，一定会给点儿厉害让你们瞧瞧！"

"冷静点儿,奈德兰,"康塞尔平静地说,"别乱了方寸,我们不是砧板上的肉!"

"也许不是,"奈德兰回答,"但很像是!这里跟闷罐一样黑,不过幸好我一直把猎刀带在身上,我看一定能派上用场,这帮歹徒……"

"别那么冲动,奈德兰,"我对这位鱼叉手说,"无谓的粗野可能会使我们的处境更糟,我们怎么知道没有人偷听呢?相反,我们得赶快弄清楚这是什么鬼地方!"

我伸出手摸索着前进,走了五步便碰到墙壁,墙壁是用铁片铆在一起的。我转了方向,又碰上一个木桌子和凳子。地上铺着厚厚的一层亚麻草席,因此我走起来没有声响。光秃秃的墙上没有门窗的痕迹。康塞尔也在另一边走动,最后我们碰在了一块儿,我们回到屋子的中间。这间屋子大约长22英尺、宽10英尺,好像很高,奈德兰个头很大,但还触摸不到屋顶。半个小时过去了,一直没有动静。突然,强烈的灯光照亮了屋子,亮度很强,我们有些忍受不了。

从光的亮度和强度看,我认为它与那个海怪发出的光是一样的。受不了刺激的眼睛赶快闭上,缓缓睁开后,我看到,那光是从屋顶上一个半球状的灯罩里发出的。

"我们终于能看见了!"奈德兰松了口气,只见他紧握着那把寒光闪闪的猎刀,随时准备拼命的样子。

"是的,但是我们的处境并不比黑暗中好多少。"

"先生得有耐心。"康塞尔沉着地补充了一句。

突如其来的光让我看清了整个屋子,跟我想象的差不多,只有一张桌子和五个凳子，连门也没有，应该说是被密封了。里面一点儿声音也没有，船里一片寂静。我们无法知道，船是在前进，还是停在海面，还是潜到了海底。

不过，亮灯总要有原因，怕是有人要来问话吧！

正如我所料，门打开了，走进来两个人。

两人中高大的一位显然是这船上的首脑，他将我们打量一番，一句话也不说。然后转身跟他的同伴谈了一会儿，他说的话我听不懂。这是一种响亮、和谐、婉转的语言，其中的声调好像变化很多。他的同伴一边点头一边回答，讲了几句完全听不懂的话。然后他的目光望过来，好像在直接问我。

我拿法语回答他，说我不懂他的话；但他似乎也不懂我说的什么，这情形真叫我为难。

"先生，就讲讲我们的经过好了，"康塞尔对我说，"这两位先生也许能听懂几句！"

我重新讲述我们遭遇的经过，每个音节都念得清楚，一点儿细节都没有遗漏。我说出我们的姓名和身份，然后我正式介绍我们：阿龙纳斯教授，仆人康塞尔，鱼叉手奈德兰师傅。这个眼睛又温和又镇定的人，十分专注地听我说话。但他的面容没有露出一点儿他听懂了我说的话的迹象。当我说完之后，他一句话也不说。

现在只有说英语试试看。或者他可能听得懂这种现在很通行的语言。我懂英语和德语，看书没有问题，可是讲话却还不行。但是，无论如何，总要想办法让人家听得懂。

"来吧，您来吧，"我对鱼叉手说，"奈德兰师傅，现在轮到您了，请您用地道的英语说一遍，尽量说得更清楚一点儿。"

奈德兰一点儿不推托，把我讲过的话又讲了一遍，他讲的我差不多都听得懂。内容是一样的，但形式不同了，由于他的性格，说话时很激动。他愤愤地埋怨对方蔑视人权，把我们关在这里，质问他们凭什么扣留我们。他全身激动，指手画脚，大声叫喊，最后，他用富于表情的手势，让对方明白，我们饿得要命。

这却是真话，但我们差不多完全忘记自己饿了。

鱼叉手很吃惊，因为他的话跟我说的一样，好像也没有被对方所了解，那两个人连眉头也没有皱一皱。很明显，他们既不懂法语，也不懂英语。我很为难，不知道怎么办才好。这时康塞尔对我说："如果先生允许的话，我现在用德语来讲一讲。"

"什么！你会说德语？"我十分吃惊。

"这不至于使先生不高兴吧，我像普通佛兰德斯人一样，会说德语。"

"正相反，你会说德语，我很高兴。说吧，好小伙子。"

康塞尔拿他很镇定的语调，将我们的经过做了第三次的叙述。可是，不管讲述人把话说得怎样婉转漂亮，音调怎样和谐动听，也无济于事。

最后，实在没有别的办法了，我极力想起我早年所学过的拉丁语，就用拉丁语来讲述我们的遭遇和经过，但结果还是"对牛弹琴"。两位陌生人似乎失去了耐性，他们用古怪的语言交流着，然后就走开了，没有对我们做什么手势，也没有说任何话，就把门关上了。

"浑蛋！"奈德兰怒不可遏，"怎么！我们给他们说法语、英语、德语、拉丁语，可是这些家伙就没有一个人懂得礼貌，连理也不理！"

"奈德兰，安静些，"我情绪激动，"发脾气解决不了问题。"

"但是，教授先生，难道我们就这样饿死在这铁笼子里吗？"

"胡说！"康塞尔说，"我们还可以支持一段时间！"

"朋友们，我们现在是处境很糟，但千万不要绝望，依我看现在对这群陌生人下结论还为时过早。"我说。

"我觉得是，"奈德兰顿了顿，"这些人是浑蛋……"

"照你这么说，他们来自哪个国家？"我说。

"流氓的国家。"奈德兰咬咬牙，说道。

"很好，奈德兰，但是地图上没有说明它在哪儿，而且我们必须承认，很难断定他们是哪国人。他们既不是法国人、英国人，也不是德国人，我们知道的只是这些。不过我觉得他们来自南部的某个国家，比如西班牙、土耳其，或者是印度。至于他们的语言，我们一点儿也不懂。"

"这就是不懂得每一种语言的坏处，"康塞尔说，"或者说没有一种世界语的坏处。"

"即使有也没用！"奈德兰回答，"难道你看不出来，他们从来不和其他民族交往，而是创造了他们自己的语言。想想看，在交往的国度里，当你张嘴巴，上下动一动、呃一呃时，难道不是每个人都能明白你的意思吗？不管你在魁北克、巴黎或北极，这不都在表明，'给我点儿吃的吧！'"

"是的，"康塞尔说，"但是有的人太笨了。"

这时，门又被打开了，进来了一个侍者，他给我们送来了上衣、裤子和内衣，所有这些都是用一种特殊的布料做成的，我从来没看见过。侍者把衣服放在我们面前，手里比画着，这下我们明白了，他是要我们赶快换上衣服。

在别人的地盘，最好还是老老实实地听他们的话，我们三个顺从地开始换衣服。在我们穿衣服的同时，这个侍应生摆好了三个人的餐碟。

"这还差不多。"康塞尔说。

"得了吧，"这位常发牢骚的鱼叉手反唇相讥，"你以为是什么好东西？没准只是他们吃剩下的鱼杂碎！"

"我们马上就会知道的。"康塞尔说道，他不再和奈德兰争了。

盖着银色盖子的盘子端上了桌，我们开始坐下来吃饭。很显然，这些人并不是些野蛮未开化的人，从餐饮上可看出他们的文明。要不是这电灯，我还以为自己是在利物浦的爱德费酒店或是在巴黎的大酒店里用餐。

但是，我必须坦诚相告，这顿饭既没有面包又没酒，只有新鲜干净的水，而且水也不合奈德兰的胃口。另外准备的食物中，我只认出了几样制作精美的鲜鱼；而其他的，我却从来没见过，甚至分辨不出它们是属于动物还是属于植物。给我们用的餐具，件件精美雅致，每一件餐具上，不论汤匙、叉子、刀和盘子，都刻有一个字母"N"，周围是一句座右铭：在运动中运动！这句话非常适合这艘潜艇。毫无疑问，这个字母"N"应是船长名字的首字母，他神秘莫测，指挥着这艘海洋中的幽灵穿过海底。奈德兰和康塞尔没有时间考虑别的，他们确实是饿了，狼吞虎咽。

我也忍不住，很快加入了他们的行列。

柳暗花明又一村，已经饿了 10 多个小时的我们一旦吃饱了，最大的希望只剩睡觉休息了。回想我们与死亡斗争了整整一夜，也该休息会儿了。

"我们一定会睡个好觉。"康塞尔说道。

"我想也是。"奈德兰似乎也满足了。

他们俩伸直身子躺在地板上，很快睡熟了。

我起先思潮翻滚，但由于极度疲劳，最后也在不知不觉中酣然入梦。

九、愤怒的奈德兰

我们睡了多长时间,我不知道,但一定很久,因为我们的精神完全恢复了,我醒得最早。我的同伴还没有动静,仍睡在那个角落里,像一堆东西一样。

从这张硬邦邦的床上起来,我立刻感到我的头脑清醒了,我的精力充沛了。于是我又重新观察我们这间牢房。

里面的布置丝毫没有变动。牢房还是牢房,囚徒还是囚徒。不过那个侍者趁我们睡熟的时候,把桌上的东西拿走了。没有任何迹象可以表明我们的处境将会发生变化,我冷静地想,我们是不是注定要永远生活在这个囚笼中了。

正在我观察的时候,奈德兰和康塞尔在新鲜空气的刺激下,差不多同时醒来了。他们揉揉眼睛,伸伸胳膊,一下就站起来。

"先生睡得好吗?"康塞尔跟平常一样客客气气地问。

"很不错,康塞尔,"我回答,"奈德兰师傅,您睡得怎样?"

"十分甜美,教授。不过,我不知道我是不是弄错了,好像我现在呼吸的是海风!"

我告诉加拿大人,当他睡熟的时候所发生的一切。

"对!"他说,"这就完全说明了我们在'林肯号'上看到这头所谓的独角鲸的时候听到的那种吼声了。"

"不错,奈德兰师傅,这是它的呼吸声!"

"阿龙纳斯先生,现在几点钟了,我完全不知道,恐怕至少也是晚餐时候了吧?"

"奈德兰,晚餐时候吗?恐怕至少是午餐时候了,因为从昨天算起,我们在这里已经待了两天。"

"这么说,"康塞尔说,"我们是睡了24小时了。"

"我想是的。"我说。

"我不反对您的意见,"奈德兰说,"晚餐也好,午餐也罢,不管侍者送来什么,我都欢迎。"

"晚餐和午餐都来。"康塞尔说。

"不错,"加拿大人回答,"我们有权利要这两顿饭。这两顿饭我都得尝尝。"

"对呀!奈德兰,再等一会儿,"我回答,"现在很明显,这些人并不想饿死我们。"

"是要把我们养肥!"奈德兰回答。

"我不这么看,"我回答,"我们并不像是落在了吃人的野蛮人手里!"

"一次送饭不能作为定论,"加拿大人很正经地说,"谁知道这些人是不是很久没有新鲜的肉吃了,他们可能是想先把我们养肥了再吃……"

"奈德兰师傅,您不要这样想。"我回答鱼叉手。

"康塞尔好朋友,在这件事上我佩服您,"性急的加拿大人说,"您不发愁,也不冒火!总是镇定,若无其事!宁愿饿死,也不肯埋怨!"

"埋怨有什么用呢?"康塞尔问。

"至少总可以出口气呀!如果这些海盗——我说海盗是尊重他们,况且我也不愿使教授不痛快,他不让我叫他们吃人的野人——如果这些海盗认为他们把我关在这闷气的笼子里,而一点儿都听不到我发脾气的咒骂,那他们就弄错了!好,阿龙纳斯先生,依您看他们会不会把我们长时间关在这铁盒里?"

"老实说,奈德兰好朋友,我跟您一样,知道的并不多。"

"那么,您就猜一猜,怎么样?"奈德兰饶有兴味地说。

"我想,这次偶然事件使我们知道了一个重大的秘密。如果潜艇上的人认为这个秘密对他们有重大利害关系,一定要保守,那我们就性命难保;而如果情形不是这样,那么,一有机会,这个吞食我们的怪物就会把我们送回大陆。"我说。

"就怕他们把我们编入他们的船员名册中,"康塞尔说,"他们就这样把我们留下来了……"

"留下我们,"奈德兰答,"一直到有一艘比'林肯号'更快或更灵巧的战舰捣毁这个匪巢。"

"奈德兰师傅,您想得对,"我答,"可是,别人还没有向我们提出关于这事的建议,我们现在就来讨论应该采取哪一种办法,是没有用处的。我一再说,我们要等待,既然没事就不必随便找事。"

"正相反,教授,"鱼叉手坚持自己的意见,"一定要干一下。"

"哎！奈德兰师傅，干什么呀？"

"我们逃。"

"逃出陆上的监牢都很困难，何况逃出海底的监牢？我看绝对办不到。"

"那么，阿龙纳斯先生，"鱼叉手思考了一会儿说，"您想想看，我们该如何打算？"

"想不出来，我的朋友。"

"这很简单，就是自己想办法留在里面。"

"对呀！"康塞尔说，"留在里面总比留在上面或下面好些！"

"不过，首先要将看守、警卫和把门的都赶出去。"奈德兰补充说。

"奈德兰，您说什么？您真想夺取这艘船吗？"

"真想。"加拿大人答。

"这是不可能的。"

"先生，为什么不可能呢？说不定会碰到个好机会，那时，我们一定要抓住机会，决不能错过！"

"奈德兰师傅，到那时候我们再想办法。不过，在机会到来之前，千万不要性急，千万要忍耐。我们只能有计划有策略地行事，发脾气是创造不了有利条件的。所以您得答应我，要暂时忍耐，不能过于激动。"我有点担心地说。

"教授先生，我答应您不发脾气。"奈德兰带着不太能使人安心的语气回答，"我不说一句粗话，也不做一个结果对我不利的粗暴动作。"

"奈德兰，这么说，那就一言为定了。"我这样回答了加拿大人。随后，我们的谈话停止了，我们各自思考。至于我个人，我承认，不管鱼叉手怎样有信心，我对他的办法不存任何幻想——我不相信会有像奈德兰所说的那些机会。这艘潜艇既然能开得这样稳稳当当的，上面一定有不少人。因此，万一斗起来，我们几乎没有一点胜算。再说，最要紧的是能够自由，可是我们现在根本就没有自由。他们会不会用暴力把我们干掉，或者有一天把我们抛弃在某一个角落里？这都是难以预料的事。只有那头脑简单的鱼叉手才指望能够重获自由。

时间过得很快，大家感觉饿得厉害，这一回，侍者并没有来。

奈德兰的胃口很大，他饿得发慌，越来越按捺不住了。尽管他有言在先，但我还是怕他一看见船上的人就要发作。

又过了2小时，奈德兰愤怒得更厉害了。他狂吼乱叫，但没有用。我甚至听不到这艘死气沉沉的船上有一点儿声响。船不动了，因为我感觉不到船身在震颤。它可能是潜入到大海的最深处，跟陆地毫无关系了。这种阴沉的寂静真叫人害怕。这时候，外面忽然传来了声响，那是有人踩在金属地板上的声音。门锁转动了，门开了，侍者进来了。

我还没来得及冲上去阻止加拿大人，他已经猛扑过去，抓住这个不幸的侍者，把他摁倒，扼住他的喉咙。很快，侍者被他那有力的大手掐得都不能透气了。

康塞尔正要从鱼叉手手中把侍者拉过来，我也正要去尽我的力量帮助他的时候，忽然我听到用法语说的几句话，我呆在那里不动了："您不要急，奈德兰师傅。您，教授先生，请听我说！"

十、水中人

说这话的人正是这艘船的船长。

奈德兰听到这些话,立刻站了起来。侍者被掐得半死不活,看见他的主人一招手,便蹒跚地走出去了,一点儿也没有流露出对加拿大人的愤恨。

船长交叉着两手,靠着桌子的一角,认真地观察我们。过了一会儿,他才用很镇定的声调说:"先生们,我会说法语、英语、德语和拉丁语。我本来可以在我们初次会见的时候就回答你们,不过我想先认识你们,然后再考虑。你们把事实经过复述了四遍,内容完全相同,这使我肯定了你们的身份。我现在知道,偶然的机会使得我碰见了负有出国做科学考察使命的皮埃尔·阿龙纳斯先生、他的仆人康塞尔,以及'林肯号'战舰上的鱼叉手奈德兰。"

这番话让我们目瞪口呆,三个人都愣愣地望着船长。

船长的法语说得比较流畅。"先生,我现在才来看你们,你们一定认为我耽搁得太久了。之所以这样,是因为我知道了你们的身份以后,要仔细考虑一下应该怎样对待你们,这让我犹豫,因为你们打乱了我的生活……"

"这不是故意的。"我说。

"不是故意的吗?"这个人把声音提高了一些,"'林肯号'在海面上到处追逐我,难道是无意的吗?你们上这艘战舰,难道不是故意的吗?你们用炮弹轰我的船,难道不是故意的吗?奈德兰师傅用鱼叉打我的船,难道也不是故意的吗?"

我看得出在这些话里面,含有一种隐忍不发的愤怒。但对于他提出的这些责问,我有个很有道理的回答:"先生,您一定不知道关于您的问题在美洲和欧洲所引起的争论。您不知道由于您的潜艇的冲撞所引发的各种意外事件,已经震惊世界。现在我不想告诉您,人们为了解释那种种奇特现象所做的无数假设。但您要知道,'林肯号'之所以一直追逐您,是因为肩负着大多数人的使命——把一只危害海上交通的海怪给清除掉。"

船长的唇上浮现出微笑,然后语气比较温和地回答:"阿龙纳斯先生,您敢肯定你们的战舰不是去追击潜艇而只是追击海怪吗?"

这个问题使我很难回答,因为,法拉古舰长肯定是不会迟疑的,他会认为无论对方是什么,只要危害了海上交通,就一定要被消灭。

"先生,您要知道。"船长又说,"我是有权利把你们当作敌人看待的。"

我故意不回答,因为这个问题再讨论下去就没有意义了。

"我犹豫了很久,"船长又说,"我没有任何义务接待你们。

如果我要抛开你们，就不会让你们在我们的潜艇里避难，只管潜入海中。难道我没有权利这样做吗？"

"这也许是野蛮人的权利，"我答，"而不是文明人的做法。"

"教授先生，"船长很激动地回答，"我不是你们所说的文明人，所以我不服从人类社会的法规。还有，希望您以后不要再在我面前提这些东西了。"

这话说得十分干脆。这人眼中闪出愤怒和轻蔑的光芒，我看得出这个人的生活中一定有过一段不平凡的经历。他不单把自己放在人类的法律之外，而且使自己绝对独立、自由，不受任何约束！不过，这个船长的骄傲也有自己的理由：连最先进的战舰"林肯号"都不是它的对手，谁又能伤得了它分毫呢？更何况它还可以深潜到水中。而且，不管钢板多么厚的铁甲舰，哪一艘能吃得消它的冲角的一撞呢？

长久的沉默后，船长又开口了，他说："因此，我迟疑不决。但是我认为，随便杀掉你们并不是正确的选择。尽管人类世界曾残酷地对待过我，但我不会这样回敬。既然命运把你们送到这里来，你们就留在我的船上吧。你们在船上是自由的，但我要你们答应我一个条件，你们只要口头上答应就可以了。"

"先生，您说吧，"我说，"我想这条件一定是一个正直的人可以接受的条件。"

"是的，先生，条件是这样：由于一些特殊原因，我不得不把你们关在你们住的舱房里，关上几小时，或是关上几天。我决不愿使用暴力，我希望你们在这种情况下，在任何其他情况下也一样，要绝对服从。因为我不要你们看见你们所不应该看见的。你们能接受这条件吗?"

"我们接受,"我答,"但是,先生,我要求您允许我向您提一个问题,仅仅是一个。"

"说吧,先生。"

"您刚才说我们在船上是自由的,是不是?"

"完全自由。"

"我要问您,您所说的是怎样的自由?"

"就是往来行动、耳闻目睹的自由,甚至有观察船上一切的自由,某些特殊情况除外,就是跟我们——我的同伴和我,享有同样的自由。"

我们显然彼此都没有领会对方的意思。我于是又说:"请原谅,先生,这种自由不过是囚徒可以在监狱中走动的自由!这种自由对于我们并不够。"

"可是,对这种自由你们应当感到满足了。"

"什么!我们将永不能再见我们的祖国、我们的朋友、我们的亲人吗?"

"是的,先生,我这是出于好心!你们已成了我的战俘,是我救了你们,我只要一句话就可以将你们投入海底!你们攻击了我,并且知道了不该知道的消息,那就是我的存在。除了你们,全世界没有人会知道这个秘密,你们难道还想让我送你们回家吗?休想,我留住你们,是保护了你们。"船长看样子已下定决心,我们与他争下去也不会有用。

"那么,"我说,"摆在我们面前的只剩下两条路可走了。"

"是的,活着或死亡。"

"朋友,既然是这样,我们就别无选择了。但是我们并没有向这艘船的船长承诺过什么。"

"没有,先生。"这位陌生人回答。

停了会儿,他放柔了声音继续说:"好吧,请允许我接着跟你们说。我认识你,阿龙纳斯先生。对这场意外的遭遇,你和你的朋友也许不会有多少怨言的。我喜爱看一些科学书籍,其中就有你的关于海底研究的书,在陆地科学的范围里,你的确知识渊博;但这并不意味着你是万事通,你也没有亲眼看过这一切。因此,教授,你绝对不会后悔在我船上度过的这些时光的。"

不得不承认,这家伙的确说到了我的心坎上,我没有反驳,静静地站着,听他继续说下去。

"我会带你在一片神奇的领域中遨游,你会对所见到的一切感到惊叹不已。而且,这些景象将会令你流连忘返、乐此不疲。我想进行第二次环绕世界的海底探险,谁知道呢?这也许是我的最后一次。我将再次看见我曾经在海底研究过的所有东西,这些海底我已经旅行了许多次,这次我要带着你一起去。从今天开始,你将进入一个新的环境,你会看见没人看见过的东西;这些,连我和我的船员们也弄不清楚。有幸遇见了我,你将能见识这个星球最后的秘密。"

这番话击中了我最薄弱的地方,让我的呼吸急促起来,这对于我来说,确实是一个千载难逢的机会。于是,我回答:"先生,虽然你已与人类脱离关系,但你还没有把人类所有的情感都抛弃。我们遇到海难,是你的仁慈和宽厚使我们死而复生,让我们重新站在这里,我们对这些恩情不会忘记。而且,对于我来说,我不想否认，如果我的科学兴趣大于我对自由的渴望，这次旅行将是对我很好的补偿。"

我原以为船长会伸出手击掌成交；但是他没有，他仍站在那里一动不动，我为他的无动于衷感到遗憾。

"最后一个问题。"在这个陌生人要走时，我又张开了嘴。

"说吧，教授。"他回答道，"你就叫我尼摩船长吧，你和你的朋友都是'诺第留斯号'上的乘客。"

尼摩船长向外面喊了一声，来了一个侍者，船长用我们不懂的那种奇怪语言向他发号施令，接着他转向奈德兰和康塞尔说："你们的房间里已备好了酒菜，请跟这人走。"

"很好，我可不会再拒绝了！"鱼叉手回答道。

跟着尼摩船长，我终于也跨过了这间牢房的门槛，这门同一般的船上的舷门类似。我们走过走廊，走廊用一种别致的电灯照明。大约走了30步，我们面前又出现了一扇门。

接着，我们进入一间装饰简朴的餐厅。在餐厅的尽头，有两个高大的镶嵌着乌木的橡木餐具柜，架子上摆着罕见的精致瓷器、陶器和玻璃器皿，银餐具在吊灯照射下闪闪发光。

午餐有很多道菜，都是海产品，其中有几样我还不认识，最后几道菜还不错。我确实饿了，很快便适应了那奇特的味道，它们都含有丰富的磷脂；我想，它们一定都来自海里，而且还都是海底产品。

尼摩船长没有动餐具，他一直看着我，虽然我一句话没说，但他猜出了我的疑问，并回答了我想要的答案。"虽然这些食物你大部分都不认识，但你尽可以放心吃，它们都是健康食品，而且营养丰富。我很长时间不吃陆生食物了，这些海产品对身体没有损害，还有我的船员们，他们个个身体健壮，他们吃的和我吃的没什么不同。"

"那是不是说，所有这些食物都来自海里？"

"是的，教授，海洋提供了我需要的一切东西。有时候我在船后拖一张渔网，直到渔网装满了才拉上来；有时候我也出去到陆地上人们没有去过的环境打猎，追捕生活在水下森林里的动物。而我的猎物就像尼普海神的老牧羊人的羊群一样，无忧无虑地在广阔的海底草原上吃草，我独自享用着造物主播种的各种海生作物。"

我有些惊异地看着尼摩船长，对他说："我不大理解的是，你用什么方法来捕获这些鱼的，更不可理解的是你的菜里怎么会有一些陆地上动物的肉？"

"我是从来不吃陆地上动物的肉的，"尼摩船长纠正道，然后又补充说，"教授，那不是陆上动物的肉，是海龟肉，这儿还有一些海豚肝，你可能会想起你们吃的炖猪肉。我有一个出色的厨师，他能熟练地做出各种海洋食品。尝尝这儿少有的菜吧，这是罐头海参，任何一个人都会认为这是世界上最好的，这是用鲸鱼奶制作的奶酪，糖是从北海的海藻中提炼的；还有，你看那海葵酱，它比陆地上用最好的水果做出来的果酱的味道还要鲜。"

尼摩船长滔滔不绝地赞赏着他的海鲜饭菜。与此同时，我尝了所有东西，带有一份好奇，更有一份想熟悉这些东西的欲望。

"但是，教授，这海洋的资源是巨大无穷的、取之不尽的，它不仅供我吃,还供给我穿。你现在所穿的衣服就是用贝丝做的,这色底是用古代希腊人和罗马人用过的那种紫色染料着色,然后又用了从地中海的海兔身上抽出的一些汁液染上深浅不同的紫色。你还会发现你浴室的架子上的香水有着奇异的芳香,它是从某种海底植物中提取的,你的床是用最柔软的大叶藻制成的,你要用的笔是用鲸骨做成的,墨水是乌贼的分泌液,经过特殊加工而成,所有这些东西,不管吃的、用的,都是我从海洋中获取的。"

尼摩船长正说得兴高采烈的时候,忽然停住不作声了。他是超出了他惯常的沉默,还是说得过多了呢?霎时间,他踱来踱去,情绪很激动。

过了一会儿,他安静下来,他的脸上又现出惯常的冷淡神情,他转身对我说:"现在,教授,如果您愿意参观我们的'诺第留斯号',我领你去看。"

十一、参观"诺第留斯号"

餐厅后部有双重门,打开后,我随船长走进去。进去一看,这是一间宽敞明亮的客厅。这间客厅富丽堂皇,屋顶装饰着细致的阿拉伯式的图案,这是一间图书室,其实也是一座博物馆。自然界和艺术的瑰宝,被一只充满睿智的巧手采集在一起。

四壁上是图案庄重的壁毯,上面挂着30幅历代名画,包括拉斐尔的一幅圣母像和达·芬奇的一幅圣女画。若干模仿古代著名雕刻的小型铜像和石膏像放在四角的座架上。在客厅的一头,有一架大型管风琴,上面放着韦伯、莫扎特、贝多芬、海顿、瓦格纳、古诺等许多音乐家的乐谱。

"我只是一个业余爱好者而已,我习惯搜集人类创造的精美艺术品,"尼摩船长接着说,"在我眼里,你们现代艺术家都已很古老了,但伟大的艺术是永恒的。"

除了艺术作品外,自然界的稀罕物也占有重要位置。主要有植物、贝壳和其他的海产品。

大厅的中间是一个喷泉,美丽的水珠在电光照耀下飞溅,再回落到一个巨大的用贝壳制作的钵池中。这贝壳池周长6米，比巴黎的圣苏尔比斯教堂中的著名的贝壳池还大得多。

在水池周围，铜架上精致的玻璃柜中，最珍贵的海产品都得到了仔细的存放和严格的分类。作为一个生物学教授，看到这些东西时的感受是常人难以体会得到的。

在柜中一个特殊的格子里，摆放着无与伦比的美丽珍珠，在灯光照耀下，它们闪着夺目的光辉。这些物品个个都如此珍贵，要估算它们的总价值十分困难，尼摩船长一定花费了成百万法郎才购得的。

我很自然地想道："他从哪里搞到这笔巨款呢？"我正想着，尼摩船长下面的话打断了我的思考："教授，您在观察贝壳，它们让生物学家感兴趣，这是很自然的。但就我而言，它们代表着另一种乐趣，因为这些都是我亲手搜集来的，地球上的任何海洋都在我的搜索范围中。"

"船长，我能体会到您在这些无价之宝中流连忘返的乐趣，欧洲任何一家博物馆拥有的海洋收藏品都无法与之媲美。可是，对于装载它们的这艘船本身，我更不知道如何赞美才好！应该承认，'诺第留斯号'船的引擎，所有这一切都将我的好奇心吊到最高点。再比方说，这个客厅的墙壁上挂着许多仪器，我不知道它们的用处，我是否可以知道呢？"

"阿龙纳斯先生，我已经说过，你们在我船上是自由的，船上的任何部分您都可以去参观。我很乐意当您的向导。"

随后，我们走出客厅，沿着各个房间参观。船长指着墙上挂的仪表一一介绍。

有些是常见的航海仪器，如测量船内温度的温度计、监视天气变化的气压计、湿度仪、风暴警告装置以及罗盘、六分仪、经度仪、日间和夜间用的望远镜等等。但有的仪器我觉得很陌生。

"那个有一个指针不停地进行测量的东西，不是流体压力计吗？"

"正是它。它跟外面的海水连通，可以指示海水的压力，从而测得船正在航行的深度。"

"那些是某种新式探测仪吧？"我又问。

"那是温度测量器，用它测定不同水层的温度。"

"还有这些器械，我一点儿也猜不透它们的用途！"

"教授，我恐怕应该向您说明一下。"尼摩船长停顿一会儿，然后说，"船上使用一种强大、方便和迅速的原动力，一切操作活动都依靠它。它提供光、热和使所有器械运转的动力，它就是电。"

"电？"我叫了起来，非常吃惊。

"是的，先生。但我的电不是一般的电。我生产这种原动力并不借助于陆地，我只要大海本身来供给我生产电力所需的原料。"

"让海来供给？"我再次震惊。

"对，这并不难。我有多种方法来做到这一点，但我通常采用的是一种较为方便而实用的方法。"

"那是什么呢？"

"海水的成分您是知道的，每1000克海水中含2.7%左右的氯化钠，我就是以从海水中提取出来的钠作为生产原动力的基本物质的。然后我用钠跟汞混合产生一种合金，以代替普通电池中所需要的锌。这样生产出来的钠电池的电动力,比锌电池所产生的电动力要强好多倍。"

经尼摩船长的这番解释后,我才明白我们先前看见的光为什么那么强烈。尼摩船长还告诉我,他是用燃烧海底煤炭的热力来提取钠的。他提醒我,他所用的一切东西都取自海洋。他利用海洋发电,而电给予"诺第留斯号"以生命。他用电发动强大的抽气机,把空气送入特制的储藏库里。这样他就可以根据需要,想在海底停留多久就停留多久。

"太神奇了!"我由衷地赞叹道。

"还不止这些,阿龙纳斯先生,"尼摩船长站起来说道,"如果您乐意跟随我,我将让您看看'诺第留斯号'的后部。"

现在,我对"诺第留斯号"的前半部已经熟悉,我在这里把从船中心到船头的情形回顾一下:16.5英尺长的餐厅,一道隔板把它与同样长的图书室隔开;33英尺长的大客厅,由第二道隔板把它与长16.5英尺长的房间分离;然后是我的8英尺长的舱房;最后是24.5英尺长的空气储藏库,它紧贴船头。

水密舱的门边都有一种橡胶垫圈,使门可以关得很严实,即使发生漏水事故,这些门也会使潜艇很安全。

我跟着尼摩船长,穿过走廊,来到船的中心部位。我看到两道隔板之间有一个井状的开口,顺着内壁有一架铁梯直通上端。我不明白这梯子是用来做什么的。尼摩船长告诉我:"它可以通到一只小艇上去,一只又轻快又不易沉没的小艇,可供钓鱼和观光之用。这只小艇系在'诺第留斯号'船身的上部,安放在一个为它特意设计的凹处。它有一个孔与'诺第留斯号'

船身上同样大小的孔相接，我就通过这两个孔到小艇上去。待两个孔都关上之后，我就松开用来扣住小艇的螺钉，小艇就箭一般冲上海面。然后我打开小艇的盖板、扯起风帆、划起桨来，这样我就能在水上漫游了。"

"但是，您又怎样回到大船上来呢？"

"是这样的。有一根电线把小艇跟大船连在一起。我要回来的时候，通过电线给他们传递一个信息，就这样。"

我被所有这些奇迹陶醉了。我经过通向平台的楼梯间时，看见一间6.5英尺长的舱房，康塞尔和奈德兰正在里面狼吞虎咽地吃东西呢。从这里有一道门通向10英尺长的厨房，厨房旁边有一个布置得很舒适的浴室，有足量的冷水和热水供应。厨房过去是大约16.5英尺长的船员工作室，房门紧闭，我看不见内部的装置。

"教授，您想问什么都可以。现在您跟我到客厅来，这里是我们真正的工作室，在这里您可以知道您想知道的一切。"不一会儿，我们已坐在客舱的一张长沙发上，安静地品味雪茄。

尼摩船长把"诺第留斯号"的详图摊在我面前，图上有船的平面图、侧面图和投影图。接着，他把"诺第留斯号"的特点向我一一做了介绍。

"阿龙纳斯先生，您乘的这艘船是很长的一个圆筒，但两头呈椭圆状，猛一看，很像一支雪茄。这个圆筒的长度为70米，船身最宽处有8米。这种流线型的结构很容易排水，航行的阻力就大大减小。"尼摩船长打着手势比画着，"船壳是双层结构，一层内壳，一层外壳。两壳之间用T形铁条连接，组成许多细胞式的网格,从而使船体坚硬牢固,足以抵御一切。"

"难怪你们可以撞毁别的船,而自己安然无恙。"我恍然大悟。

"'诺第留斯号'不怕最汹涌猛烈的风浪,道理就在于此。"尼摩船长微微一笑,继续说下去,"全船的总质量有1356吨。当它在海上时,浮出水面的部分为1/10;但我也设计了150吨的储水舱,即跟这个1/10相当。如果我把储水舱灌满,这时船的排水量,或者说质量,就达到1507吨,那它就完全潜入水下了。储水舱在'诺第留斯号'的下层,打开阀门进水就行。'诺第留斯号'还有可容纳百吨水的补充储水舱,调节进水量,我就可以让船沉到各种不同深度,甚至到海底很深的地方;想要上升,就排出一些水。"

"太了不起了!"我惊叹道,但同时也有很多疑问,就问道,"在海中要想看清楚,一定要有光线。可是,海水漆黑……"

"在舵舱的后面,装有强光探照灯,它可以照亮半海里以内的水域。"

"噢!了不起,真是了不起!我现在才明白所谓独角鲸放磷光是怎么一回事,它让我们这些学者着实费了一番脑筋!顺便问一下,'斯各脱亚号'被撞曾经轰动一时,那是一次偶然事故吗?"

"先生,那确实纯属意外。当时我在水下2米航行,所以发生碰撞。所幸'斯各脱亚号'并没有受到太大的损失。"

"船长,您说得没错,它确实没有受到重大损失。但是'林肯号'呢?"

"教授,我对美国海军部的这艘战舰怀有歉意,但这是它首先攻击我,我被迫自卫!我做得不算过分,只是使它不能伤害我而已,它可以到附近的海港修理损伤,这并不太困难。"

"啊,船长,"我充满激情地喊道,"您的'诺第留斯号'真是一艘神奇的船!"

尼摩船长似乎被我感染了,他情绪激动,滔滔不绝地向我表达了他对这艘潜艇的热爱。当他讲这些话的时候,他眼中闪耀着兴奋的光芒,就如同一个父亲谈论他最心爱最得意的儿子那样。

"是啊,教授,"尼摩船长的情绪也激昂起来,"我爱它,它是我最心爱的东西!一艘独一无二、性能优异的船。对于它,设计者比制造者更有信心,制造者又比船长更有信心。您现在就可以理解为什么我对它充满信赖,因为我是'诺第留斯号'船长兼制造者和设计师!"

"真了不起!但是,您如何做到将它造成而又严守秘密呢?"

"阿龙纳斯先生,我使用假地址,委托世界各地为我制造不同零部件。比如,龙骨由法国克鲁索钢铁公司制造,推进轴由伦敦的明尼公司制造,船壳由利物浦的里亚德公司制造……"

"但是,这些不同的部件造出来之后,您还得将它们装配起来呢。"

"我在大洋中选择一个无人居住的小岛作为造船工场。我和工人们,也就是由我招募和培训出来的勇敢的伙伴们,经过一番努力工作,终于把'诺第留斯号'装配完毕。之后,我一把火烧掉了所有的痕迹,如果有必要,我甚至还想过用炸药炸掉它呢。"

"不过，建造这样一艘船一定耗资不菲，是吗？"

"别说'诺第留斯号'了，即使是一艘普通的铁船，每吨造价也为 1125 法郎，假定以 1500 吨来计算'诺第留斯号'，至少值 168.7 万法郎了。包括所有设备，就要达到 200 万法郎。"

"最后请教您一个问题，船长。"

"请说吧，教授。"

"您一定十分富有吧。"我说。

"是这样，我富可敌国，即使要我代法国偿还亿万债务也不成问题！"

他是否在利用我对他的信任呢？我半信半疑地注视这位怪人。不过，未来将会向我揭示一切。

十二、一切都用电

从那天之后,尼摩船长就没再出现。这位怪人病了吗?他想改变对我们做出的安排吗?不知道。不过,我们依然享受着充分的自由,享用着丰盛而讲究的饭食。怎么回事?船长食言了吗?接连数天不见他的人影,他是否改变了对我们的想法?我们无从知晓。

11月11日清晨,弥漫在"诺第留斯号"内的新鲜空气告诉我,我们已经升到海面上来补充氧气了。我从中央楼梯登上了平台。此刻是清晨6点钟,天阴海暗,但很平静。我指望能在平台上碰见尼摩船长,但我只看见领航人坐在他的玻璃舱里。我在小艇外壳突出来的边缘上坐下,深吸着海面上略带咸味的新鲜空气。

不久,一轮红日从东方的天际喷薄而出,浓雾在阳光的照射下一点儿一点儿地消散了。海面如同在燃烧,云彩散在高空,染上深浅不同的颜色,无数边缘呈齿形的片状白云预示着今天整天都要刮风。我正在欣赏如此壮丽的、富有生气的海上日出,忽然听到有人爬上楼梯。我以为来人是尼摩船长，正欲招呼，但是出现的是船上的大副。他在平台上用一架倍数很大的望远镜观察四周，似乎无视我的存在。观察结束以后，他走过隔板说了几句非常古怪的话。

我并不懂这句话，我每天早晨总听到这样的一句话。船副说完这句话就下到了他的船舱，我也跟着回到了我的房间。这样又过了5天，我还是没有见到尼摩船长。就在我不再指望看见他的时候，11月16日，当我和两个同伴一起来到我的房间时，发现桌上有一封给我的信函。我迫不及待地打开信函，字迹清晰工整，不过有点儿文绉绉的，似乎含有德语味，信的内容是这样的：

送交"诺第留斯号"上的阿龙纳斯教授

尼摩船长很高兴邀请阿龙纳斯教授参加明天早晨在克雷斯波岛林中举行的一次森林狩猎活动。他希望不会有什么事让教授谢绝邀请，同时也非常乐意他的同伴们一同前往。

"诺第留斯号"船长　尼摩
1867年11月16日

"打猎！"奈德兰叫了起来。

"在克雷斯波岛上的森林里！"康塞尔补充道。

"这意味着他时不时上岸？"奈德兰问道。

"好像没错儿。"我又读了一遍信说。奈德兰和康塞尔都很兴奋。加拿大人非常乐意能到陆地上去，看来我一定要接受邀请。

我很奇怪：尼摩船长一向是讨厌大陆和岛屿的，现在为什么会反过来邀请我们去林中打猎呢？我在平面地图上找到了位于北纬32度40分、西经167度50分的克雷斯波小岛，把它指给我的同伴们看。我对他们说，尼摩船长即便偶尔想上陆地，也一定会找这样一个荒无人烟的地方。奈德兰耸了耸肩没有理会我的话，过了一会儿，他和康塞尔都走开了。毫无表情的侍者给我端来晚餐，我用过之后，心事重重地很久才入睡。

第二天，11月17日，早晨，当我醒来的时候觉得"诺第留斯号"完全不动了。我赶紧穿好衣服，走进了客厅。在那里，尼摩船长已经在等我了。他并没有解释他几天来不露面的原因，只是问我一同去打猎有什么不方便没有。我表示我和我的同伴们很乐意跟他一起去打猎。我还忍不住问了一句："船长，既然您跟陆地断绝了任何关系，怎么又会在克雷斯波岛上拥有森林呢？"

"教授，"船长闻言笑了起来，"您理解错了，我的森林不需要太阳，这不是陆地的森林，而是海底的森林。狮、豹、虎等四足兽也无法进入我的林子里。"

"海底的森林？"我叫喊起来。在我看来，尼摩船长的脑子一定出毛病了，难怪这几天时间没有看见他呢！尼摩船长可能看懂了我的神色，但他不再说什么，只是请我和他一起到餐厅去用早餐。我们边吃边谈，这才弄清了真相。

尼摩船长说："我邀请您到克雷斯波岛的森林打猎，您以为这是自相矛盾；当我说这是海底森林，您以为我在发疯。教授，您的判断未免轻率了。"

我无法回答，这一切实在是太让人震惊了。

"我想，您和我都知道，人只要有可充分呼吸的空气，他就能在水下生活。换句话说，这需要有一套潜水设备。但是，输送空气的胶皮管就像锁链一样束缚人的活动。要是我们以这样的方式跟'诺第留斯号'连接，我们也不可能走远。"船长进一步解释道。

"那么，您用什么方法来保证行动自由呢？"我问道。

"我用厚钢板制作密封罐，里面灌有50个气压的压缩空气，使它可以像士兵的背囊那样背在身上。不过，由于水下压力很大，必须头戴铜质潜水球帽，吸气管和呼气管就连接在潜水球帽中。"

"这很好，我看不出有什么欠妥的地方，"我说，"但在水底下你怎样照亮海底的路呢？"

"用系在腰间的探照灯，它带有一组电池。配上如此装备，我就会呼吸自如，并且能看清楚四周的一切。"

"尼摩船长，即使我不得不相信你的这些装置，但我仍然对我们的枪持保留意见，难道我们用气枪打猎吗？"

"恐怕只能如此，因为船上没法制造火药。"

"但空气很快会用完的！"我反驳说。

"我用的是富尔顿设计的枪，它用压缩空气击发。空气灌进密封瓶里，只要操作一个阀门就行了。另外，在水底打猎，既不怎么费空气，也不怎么费子弹。"

"为什么呢？"

"因为这不是普通的子弹，而是由奥地利化学家雷尼布洛克发明的电弹。这是一种小玻璃球，灌进铅，输入高压电，只要稍稍碰上目标，就会炸开。猎物一旦被击中，不管怎样强大、伤得多么轻微，都会像遭到雷击一样立即倒毙。"

"我们不用再讨论了。"我从桌边站起来，对船长说，"请给我枪。您去哪里，我也上哪里。"我们向潜艇尾部走去，奈德兰和康塞尔在我后面，我们一行人来到靠近轮机房的一个小间，墙上挂着12套潜水衣，等待海底散步者穿用。

十三、海底漫步

奈德兰一看到这些服装就觉得讨厌,不肯穿,说:"除非别人强迫我,否则我决不套进里面去"。

"没有人强迫您,奈德兰师傅。"尼摩船长回敬一句。至于康塞尔,他只说"不管先生到什么地方,我都要跟过去"。

船长一声命令,两名船员帮我们穿上这些沉重的、不透水的服装。服装由胶皮制作,无缝,坚牢耐压,上衣和裤子连成一体,就好像一个坚硬的盔甲。鞋子很厚,很重,大概里面埋了铅块。衣袖和手套也是连在一起的,它们很柔软,不会妨碍手的动作。我很快准备好了,等待出发。

与现在人们使用的潜水装备比较,我们这套潜水衣真是太完美了!"诺第留斯号"的一位船员随即又递给我一支枪。它看似简单,枪内中空,供存储压缩空气用,枪托里装有20颗电气弹。

有人把我们推进了跟更衣室相连的一个小房中,装有阻塞机的门立刻在身后关上。周围一片漆黑,过了几分钟,一声尖锐的呼啸声传入耳中，一股冷气从脚底直涌胸部，显然是有人打开了船内的水门，让海水冲进来了。接着船侧的另一扇门打开，一道半明半暗的光线照射着我们。一会儿之后，我们的双脚便踏在海底了。

尼摩船长走在最前面，康塞尔和我紧紧相挨，他的同伴在后面跟随着我们。

这时，我感觉到潜水衣一点儿也不重了，头在潜水球帽中也活动自如。我看见太阳光强有力地穿透水层直达海底，100码以内的物体清晰可辨。海底像涂上了优雅的深蓝，随着距离的延伸渐渐变成天蓝，直至最后没入模糊的阴影之中。我们在明亮而平坦的沙层上走动，足足有一刻钟的时间。回头望时，形如长条暗礁的"诺第留斯号"渐渐隐没了，但它的探照灯依然射出清晰的光束，可以指引我们回到船上。

我们在漫无边际的细沙平原上漫步，很快就看见了远处的物体。前方宽广无比，一列海底岩石呈现在眼前。石上满铺着色彩灿烂无比的植虫动物，一下子就把我给看呆了！这时是早晨10点，阳光以相当倾斜的角度投射在海面上，经过折射以后分解，照在海底的花、石、植物、贝壳、珊瑚上面，在其边缘显现出七种不同的颜色。这些有浓有淡的颜色错综交织，简直就是一个色彩缤纷的万花筒。

因为在水中，我无法用语言与我的同伴们交流我的感觉，便自己一个人在潜水球帽里大声地自言自语。康塞尔和我都不由得停下来欣赏这灿烂的奇观。面对这么多种类的植虫动物和软体动物，他一定又在不停地加以分类了。这些缀在海底的朵朵彩花，在我们经过时所引起的轻微波动中也轻轻地摇曳起来，我们简直不忍心把它们踩在脚底。我们能看见在头顶上游动的一群群葡萄牙军舰鱼，它们身后长着深蓝色触须，还有奶白色或粉红色的身体环以蓝圈的水母，它们遮住了照在我们头顶上的太阳光。

在1/4英里的路途中都是这样的景象，每当我停下来欣赏时，尼摩船长总会做手势让我继续前进，我不得不又向前走。但是，场面很快变了，紧接着细沙平原的是淤泥区，这里是由硅和钙质贝壳形成的。然后，我们通过了一片海草地，海洋植物并没有被海水的力量连根拔掉，反而长得极其茂盛，这片厚厚的、柔软的草坪可与人工制作的天鹅绒般光滑的地毯相媲美。然而，不仅仅在我们的脚底下有植物，在我们的头顶上也有。我可以分辨出海藻那长长的根须，有的海藻呈球状，有的呈管状。我注意到，离海面近的是绿色的植物，海水中部是红色的植物，而海底，则是黑色和褐色的水生植物。

我们离开"诺第留斯号"一个半小时了，现在差不多是中午——我从太阳光呈直角照射到水里而不再折射就可以看出来。奇妙的颜色已一点点消失，祖母绿和蓝宝石之间的细微差别也没有了。我们踏着稳健的脚步走着，脚步声在海底发出惊人的回响，在海里极其微弱的声音也会很快就传回来，使我们这些来自陆地的人的耳朵很不适应。水实际上是一种比空气更好的传音体，传播声音的速度比空气快4倍。

就在这时，海底地势开始陡峭起来，光线也跟着变暗了，我们到了300英尺以下、10个大气压的深处。不过，因为有潜水衣的保护，我并没有觉得不适，只是感觉手指弯曲有些困难；但是，这种感觉很快消失了。穿着这种不大适应的衣装走2小时，按理我应该感到很疲惫；但是，我什么也没有感觉到，海水让我行走起来非常轻松。

在这个深度，我仍然可以分辨出太阳光，因为这时候的亮度已减弱成一种褐红色，处于白天和黑夜之间；不过，我们依然看得清路。

这时，尼摩船长停下来，等我赶上他后，就用手指着不远处的阴影里的几个黑圈说："那就是克雷斯波岛的森林了。"

十四、海底森林

我们终于走到了森林的边缘,这大概是尼摩船长拥有的广阔领土中最美好的一处。他把这片森林看作是自己的私有财产,其实是世界上根本没有人有资格跟他争夺产权。

我注意到所有这些植物都只是浅浅地与海底相连,没有发达的根须,也不一定要固定在沙里、贝壳上或卵石中,它们只是悬在那儿,并不是要吸取生命的汁液。这些植物都是自性繁殖,从水中获取营养而生存,其叶片的形状都匪夷所思,颜色却比较单调,只有粉红色、胭脂红、绿色、橄榄色、棕黄色和褐色。有些植物的叶片呈扇叶状,像孔雀的尾巴开屏一样;有的叶片细长,呈波形,可以长到15英尺高;有的植物形如动物的腹吸盘,一束束地长在厚厚的茎上;而许多其他的深海植物则都没有花。正如有位博物学家所说:"多么奇怪而又特别的世界,动物长花,而植物却不开花。"只是,我只能用眼睛看,不能制作标本。

在那些不同种类的灌木中,有的大得好像温带的树,在它们的下面却聚集了开着花的灌木丛,鱼蝴蝶像一群蜂鸟从一枝树枝飞向另一枝树枝。

　　下午1点，尼摩船长示意驻足，我也相当乐意停下来，我们在一片根须像箭一样挺直的海藻下面休息了一下。

　　这次短暂的休息让我非常高兴，我们什么都不缺，就是没有交谈的快乐；而且，也不可能交谈。我将铜头盔靠近康塞尔的头盔，看见他的眼睛里闪着快活的光，表明他很满意，他的头在头盔里以一种难以想象的滑稽方式乱摆。

　　我很奇怪，在走了4小时后并不感到很饿，我不知道是什么让我的胃有这样的反应。但是，另一方面，同发生在所有的潜水员身上的情况一样，我感到困极了，只想睡觉。很快，我的眼睛在那厚厚的玻璃窗后面闭上了，我真的要睡了，而这时我还在下意识地走。我照尼摩船长和他的同伴的样子睡了，他的同伴实际上早已睡着。

　　不知道睡了多久，不过当我醒来时，太阳好像正向地平线落下去。尼摩船长先起来了，我正准备伸懒腰，一个突如其来的景象使我一下就站了起来。

　　在几步开外，一只巨大的尖头蟹，有3英尺高，正看着我准备跳过来。虽然我的潜水衣很厚，可以抵挡它的攻击，但我还是本能地吓得发抖。这时，康塞尔和那位"诺第留斯号"上的船员都醒了。尼摩船长将这只暗藏的巨蟹指给他的同伴看，他的同伴立即用枪托一下就将巨蟹打倒了。我看见巨蟹的大爪子在可怕的震动中扭曲了。

　　这一遭遇使我想到在这黑暗的海底会藏着多少更可怕的动物，说不定我的潜水衣保护不了我。虽然到现在为止还没有出事，但我一定要高度戒备；而且，我估计因为这场遭遇会使旅行就此结束。但是我错了，我们并没有返回"诺第留斯号"，尼摩船长继续大胆地向前走去。

地面在不断下降，我估计，我们已经走到150米的深处，因为，再清澈的海水，阳光也无法通过了，周围是真正的一片漆黑，只能摸索着前进。突然，前面闪现一道明亮的白光，原来尼摩船长打开了灯，我们也纷纷扭亮了灯。借着灯光观察，这里是森林中最幽黑的区域，植物变得十分稀少，地上只有棘皮动物和一些软体动物。

大约下午4点钟的时候，我们来到一堵高大的石墙面前，周围怪石嶙峋，看不到有任何可以攀登的路径。这就是克雷斯波岛的尽头。尼摩船长停下来，他朝我们挥手，示意大家停下来。这是他领地的边界，他不愿意跨越它。

返回的路程仍然由船长带头，但我觉得走的似乎不是来时的那条路。新路很陡，相当难走。我们走得很慢，因为，回到上层要避免压力减小过快，否则会引起机体疾病，甚至危及生命。不久，光线重新出现，逐渐扩大。太阳已沉沉地掉入地平线低处。

这时，我目睹了一次让猎人激动的射击。我们可以清楚地分辨出一只翼展很宽大的鸟向着我们急冲下来。尼摩船长的同伴举起枪，在大鸟离海面只有几英尺时射击，大鸟被打死掉了下来，掉下时的冲击力将它直接带到了猎手的旁边。这是一只信天翁。

不过，这并没有打断我们的行进，我们用了2小时穿过沙地，沿途还不时经过很难行走的海草地。当终于看到半英里外黑暗水域中微弱的灯光时,我已是精疲力竭了。那是"诺第留斯号"的灯光,我们在20分钟内就可以上船,到了那儿我又可以舒服地呼吸了,因为我觉得装在我的气囊里的空气含氧量不足了。但就当我们快回到"诺第留斯号"时,在我前面20步左右的尼摩船长突然在我面前折回来,并用有力的手把我摁在地上。他的同伴对康塞尔也是这般举动。我竭力猜想他为何有如此举动,但看见尼摩船长也躺在我身边,就放心了。我们躲在苔藓丛林的后面,小心地抬起头,看见一个发着磷光的巨大无比的躯体气势汹汹地过来了。是一对角鲨!是海洋中最可怕的鲨鱼类!此刻我已忘记了自己是生物学家的身份。望着它们那银白的肚腹、目光呆滞的双眼、满是利牙的大嘴,心里充满了即将被吞食的恐惧。

  幸运的是,这对贪食者的眼力很差,没有看见我们就游过去了。我们能躲过这次危险实属万幸!因为其危险程度远远胜过在森林中遇见猛虎。半个小时后,由电光引路,我们回到了"诺第留斯号"上。我们走进一间小屋,然后按一个钮,门就关上了。水泵正在泵出屋内的海水,一会儿,屋里就完全空了。当我把潜水衣脱下来时,已筋疲力尽,口渴得难受。

  我终于又回到了自己的房中,一方面为这次旅行而兴奋不已,但另一方面也累得实在不能动弹,就躺在海藻叶床上沉沉地入睡了。

十五、太平洋下四千里

第二天，11月18日，身体完全恢复了。

我走上平台观赏海景，呼吸着新鲜空气，没多久尼摩船长也上来了。他好像并没有看见我，开始做他一连串的天文观察。大副像往常一样重复着每天这时候的那些话，给我的印象是在报告海洋状态。

尼摩船长结束观测以后，他把肘靠在探照灯舱上，用深沉的目光注视着海面。又有20名左右的"诺第留斯号"上的水手走上平台来，他们全都身强力壮，是来收昨晚拖在船后的渔网的。

渔网被他们拉了上来，里面有许多稀奇古怪的鱼，有因动作滑稽可笑而被称为"丑角鱼"的枪机鱼，带有许多触须的黑色喋喋鱼，被红色花纹围起来的弩箭鱼，橄榄色的八月鳗，天蓝和银白相间的鲣鱼，各种各样的绿色鳕鱼、短弯刀鱼、华丽的金枪鱼等等。我粗略地算了一下，这些鱼的质量可能有1000多磅，可供我们吃好多天了。它们中有的要趁新鲜时食用，有的则要放到食物储藏室里保存起来。我想"诺第留斯号"又将回到海底下继续它的旅程了。我正打算回到我的房间,尼摩船长转向我,没有任何客套就开口对我说:"您看这大海,教授。您能说它没有生命吗?它不是也有愤怒和温柔的时刻吗?昨天它像我们一样进入沉睡,而现在,在度过一个安静的夜晚之后它苏醒过来了。"

"请看!"他又说,"它也有脉搏,有偶然的痉挛,有和动物一样的血液循环。要产生这一作用,造物主只需改变它当中的温度、盐分的含量或微生物的数量就行了。温度的变化带来不同的密度,不同的密度引起顺流和逆流。在两极区域根本不存在的水汽蒸发,在赤道地带却异常活跃,造成两极和赤道区域永不停息的水流交换。此外,我还偶然看见过那些自上而下以及自下而上的水流,它们似乎让人感觉到海洋真的是在呼吸。"

他停顿了一会儿,又接着说道:"海洋中盐的分量大得惊人。您不要以为它们的存在仅仅是大自然无意识行为的结果。其中的奥秘是这样的——海水里的盐使海水不易蒸发,这就阻止了海风带走过多的水汽;否则,水汽重新转化为水后将会淹没地球的整个温带。这是多么了不起的平衡作用啊!"

说到这里,尼摩船长似乎又激动起来。他站起来在平台上踱了几步,接着又对我说:"至于那些数不清的微生物,它们在1毫克水中就有80万个,而它们的作用也一样重要。它们吸收海中的盐和固体物质。一滴水,当其中的矿物质被吸去以后就变轻了,浮到海面上来,在海面上吸收由于蒸发作用而留下的盐分;于是它又变重了,沉下去,给那些微生物带去可吸收的新物质。这样一个过程所产生的上下连续不断的水流循环，造就出比陆地上更有强度、更为丰饶的生命！"尼摩船长说这些话的时候，面部容光焕发、微微泛红，我的心情也被他深深地感染了。

"在那里你才真正跟大自然和谐相处。"尼摩船长的声音渐渐高起来，"我能够想象在海中建造城市，像'诺第留斯号'那样每天早晨浮出水面来呼吸的情景！那将一定是自由而独立的城市！不过，谁知道有些暴君会不会跟踪而来呢？"

尼摩船长使劲挥了一下手，突然把话打住，接着就匆匆下去了。接下来几个星期，我再也没有见到他的身影。但是大副天天按时做航行记录，并在地图上一一标示出来。因此，我对"诺第留斯号"的航线始终清清楚楚。

康塞尔、奈德兰和我在一起的时候，我们总要谈起那次海底散步所见到的新鲜事情。加拿大人后悔不迭，怪自己错失良机，因而热切盼望以后有机会再去海底森林。不过舱里的窗子盖板每天总会打开几个小时，我们可以尽情地观赏海底世界。"诺第留斯号"沿着东南方向前进，潜水深度通常在100—150米之间。11月26日凌晨3点，它在西经172度上越过北回归线；27日，夏威夷群岛已在远方隐隐出现；12月1日，它在西经142度上跨越赤道。每天，海洋都向我们展示各种奇妙景象。它不断更换布景和场面，不单使我们的眼睛感到愉悦，让我们充分欣赏造物主在水下的作品，而且向我们昭示着大洋深处最惊人的秘密。

12月11日，我在起居室里看书，康塞尔和奈德兰隔着玻璃注视明亮的海水。"诺第留斯号"的深度约在1000米处。突然，康塞尔对我说："先生快过来！"他的声调十分怪异。

我站起来，快步走到窗前，赶紧朝外看。

在电光的映照下，前面海水中悬浮着一大团黑影，静止不动。我竭力想弄清楚这究竟是哪一种巨鲸，但无法做到。突然，我恍然大悟，喊道："那是一艘船！"

"是的！"加拿大人说，"是一艘沉船的残骸！"

奈德兰没有看错。沉船的桅索断了，稀稀拉拉地挂在横架上，但是船壳看上去完好。船沉没大概刚发生不久，是几个小时以前的事情。更靠近一看，景象太悲惨了！在船甲板上，多具尸体蜷缩成一团，他们大概是想摆脱绳索的纠缠却没有成功。各种物品散落得到处都是。

我们都默默无语，心跳都加快了，这种可怕景象是"诺第留斯号"在旅途中作为一系列海难事故的目击者的开始。自从到了船只往返频繁的水域后，我们经常能看到遇难的船只在水中腐烂的情形；而在海底深处经常能够看到，锈蚀斑斑的大炮、炮弹、锚、链以及各种各样的铁器。

十六、瓦尼科罗群岛

12月11日,我们望见了土阿莫土群岛,据说这里是非常危险的地带。这座群岛的面积为330平方英里,拥有大约60个岛屿群。这儿都是些珊瑚岛,珊瑚虫稳定而缓慢地堆积,总有一天将它们一个一个地连接起来形成一个新岛。久而久之,从新西兰和新喀里多尼亚岛起,至马克萨斯群岛止,便要出现一个新大陆,那就是未来的第五大洲。

有一次,当我向尼摩船长阐述这个理论时,他冷冷地回答:"并不需要新大陆,而需要新人类!"

我们的航向是克莱蒙·汤内尔岛,这个岛在整个群岛中最特别,它是1822年由"米涅娃号"的贝尔船长发现的,我在那儿可以研究这些岛屿是如何由石珊瑚建成的。

石珊瑚可不能与珊瑚相混淆,它基本上是一种裹着一层石灰石的纤维组织,我那著名的埃德华导师将其分为五类。这些形成珊瑚的细小微生物成百万地生活在石珊瑚的细胞之中,这些石珊瑚堆积起来,形成岩石、礁石和岛屿。有时它们还会形成一个圆环，围绕着一个环礁湖或者一个湖泊，其边缘缺口与大海相通。有时候它们形成一道礁石屏障，类似新喀里多尼亚沿岸和土阿莫土一些岛屿的那些礁石。在其他一些地方，如联合岛和毛里求斯岛，石珊瑚则形成了高高的、陡峭的礁石，这礁石一直延伸到海底深处。

当我们航行到离克莱蒙·汤内尔岛几百码处时，我惊奇地打量着这些"微型工人"建造的"大厦"，这些大厦的墙壁是由好几种珊瑚虫形成的，主要有千窝珊瑚、星状珊瑚等。这些珊瑚虫主要生长在动荡的海水表层，因此，这种珊瑚从上面开始堆积礁基，礁基在珊瑚虫的分泌物的支持下慢慢向下延伸。我能够从很近的距离观察这些奇怪的珊瑚礁墙，按我们的探测，这些礁石深入海底有1000多英尺。船上的电灯使这种光亮的石灰石质珊瑚闪闪发光。

当"诺第留斯号"回到海面，我可以辨认出覆盖着低矮灌木的克莱蒙·汤内尔岛的整个轮廓，珊瑚石明显地被暴风雨侵蚀。也许有一天，一粒种子被一阵飓风从附近的陆地带来，落在覆盖着已腐烂的海鱼和海草的石灰质层面，成为一片森林的源头。也许一个椰子，被海浪冲到这片海滩，在这里扎下了根。当椰树成长时，就阻止了水的蒸发，小溪流就形成了，慢慢地，植物就有了生长的土地。一些小生物，爬虫、昆虫落到树干上被漂到了这里，海龟来这里产卵，鸟儿在小树上筑巢。就这样，动物繁衍。这就是这些微小的动物建造岛屿的过程。

夜晚降临，克莱蒙·汤内尔岛融入了远处的夜色中。"诺第留斯号"改变了航向，在西经135度处跨过南回归线后，改向西北偏西方向。

12月25日,"诺第留斯号"航行到新赫布里底群岛水域。奈德兰心情很不好,因为这一天是圣诞节,是基督教徒所盼望和热爱的家庭团圆节。至于尼摩船长,我已经有七八天没有看见他了。然而,在27日早晨,船长突然走进客舱,用手指着地图上的一点,说:"瓦尼科罗群岛。"

这是一个有魔力的名字,拉·佩鲁斯的探险船正是在这里失踪的。我兴奋得站了起来。尼摩船长告诉我,"诺第留斯号"马上就要到瓦尼科罗群岛了。在东北方,渐渐地现出两座高度不等、被环形珊瑚礁围绕起来的火山岛,那就是瓦尼科罗群岛了,准确地说,是其中的万奴岛。我们很快就到了它的面前。这个岛从海滩直到内部的山峰,都好像被森林覆盖起来,其上高高矗立的卡波歌山有2856英尺之高。

穿过一个狭窄水道外围的石带,"诺第留斯号"就行驶在暗礁之中了。我看见几个土人站在一些红树的绿荫下,对我们的造访表现出极大的惊讶。这时,尼摩船长向我打听拉·佩鲁斯失事遇难的经过,我便尽我所知地告诉了他,不过我是从杜蒙·居维尔的书中知道的,以下是一个概述:

1785年,拉·佩鲁斯和他的副手朗格尔船长受路易十六的派遣,做环球航行。他们乘坐"罗盘号"和"浑天仪号"两艘木帆船出发,但此后就再没有人看见他们了。法国政府非常担忧这两艘船的命运,于1791年9月28日,派遣由丹特尔加斯朵指挥的两艘大运输舰即"搜索号"和"希望号"出海寻找。两个月后,指挥"阿伯马尔号"的船长波温送来报告说,两艘沉船的残骸已在新乔治亚岛沿岸见到。但丹特尔加斯朵对这个消息不以为然，继续向海军部群岛进发。因为据一个叫亨德尔的船长报告，那里才是拉·佩鲁斯失事遇难的地点。但丹特尔加斯朵的搜寻毫无结果，而且更为不幸的是，他和两名副手以及好几名水手在航行中把性命也丢了。

  关于这次遇难的无可否认的证据，是一位太平洋水域上的老航海家狄龙所发现的。1824年5月15日，他的船"圣帕特里克号"经过新赫布里底群岛附近时，从一个印第安人那里买了一把柄上刻有文字的银质利剑。这个印第安人还告诉他，六年前他在瓦尼科罗群岛看见两个欧洲人，他们的船在多年前因撞上岛附近的暗礁而沉没。狄龙据此立即想到这两人一定是拉·佩鲁斯船上的遇难人员。他本打算前往瓦尼科罗群岛，但因风浪阻止而未能前往，于是他回到了加尔各答想办法。

  1827年1月23日，狄龙率领一艘名为"搜索号"的船前往搜寻。同年7月7日，"搜索号"在万奴岛的天然小港中停泊下来，此处正是"诺第留斯号"目前所在的位置。狄龙在这里发现了遇难船只的许多遗物。为了尽可能地搜集更多的材料，狄龙一直在沉船处待到了同年10月。之后，他离开瓦尼科罗群岛去了新西兰。1828年4月7日，他在加尔各答靠岸后回到法国，受到了查理十世的盛情款待。

  但就在此之前，对狄龙的所为毫不知晓的杜蒙·居维尔已经率领"星盘号"向别处寻找遇难失事的地点了。1828年2月10日，"星盘号"在到达提科皮亚岛之后向瓦尼科罗群岛进发。到20日的时候，它已经停泊在万奴岛的天然港内。23日，船上的一些人员到岛上转了一圈，但收获不大。26日，当地土人在得到礼物和不会受到报复的承诺之后才带着船副雅克威诺到了船只遇难的地方。在巴左和万奴两岛的礁石间，约至35英尺的水下，"星盘号"打捞起来一些沉船上的东西。

此外，杜蒙·居维尔还从当地土人的口中知道，拉·佩鲁斯在暗礁上损失了他的两艘大船后又造过一艘较小的船，并乘这艘小船重新出发。但随即又失踪了，且至今没有人知道他在什么地方失踪。于是，杜蒙·居维尔在一棵红树的绿荫下给那位遇难的航海家造了一座金字塔形的墓地以做纪念。之后，杜蒙·居维尔离开瓦尼科罗群岛。另一方面，法国政府担心他不知道狄龙的发现，又派出一艘小战舰去瓦尼科罗群岛寻找他和他的船只。这艘船在瓦尼科罗群岛没有什么新的收获，不过他们报告说，拉·佩鲁斯的墓地没有遭到破坏。

以上就是我向尼摩船长讲述的全部内容。

"那么，"尼摩船长说道，"在瓦尼科罗群岛失事的船只，后来用来建造第三艘船只，但新的船只在什么地方又遇难了，人们仍然不清楚吗？"

"是的。"

尼摩船长不再搭话，他做手势示意我跟随他去。我们重新回到客舱。"诺第留斯号"开始下潜，在水下几米深的地方，玻璃窗的盖板打开了。

我隔着玻璃观看，只见在密密麻麻的珊瑚礁群中，成千上万的可爱小鱼在穿梭游动；更仔细地一瞧，一些船上遗物，如锚、炮、炮弹等，被我一一辨认出来。它们现在全部覆盖着一层海草。

看到遇难船只的残骸我心里很难受。尼摩船长庄重地对我说:"在'罗盘号'和'星盘号'触礁后,拉·佩鲁斯利用这两艘破损大船的材料造了一艘小船。一些水手留在瓦尼科罗群岛定居下来,另外一些水手随拉·佩鲁斯再出发。他们向所罗门群岛驶去,随船带去了他们所有的一切:身体和财物。不幸,他们的船在群岛主岛的西岸,在失望角和满意角之间沉没了。"

"但是,您怎么知道这一切的呢?"我叫起来。

"瞧,这是我在他们最后遇难的地点找到的材料。"

尼摩船长拿给我看一个白铁皮盒子,上面有法国的盾形记,已经遭到海水的侵蚀。盒子打开后,里面有一卷公函,纸虽已发黄,但字迹仍相当清晰。这是法国海军大臣给拉·佩鲁斯司令官的命令,边上有路易十六的亲笔御批!

"啊!"尼摩船长开口说,"对一位海员来说,还有什么死法比这更辉煌呢!珊瑚丛中的坟地是最幽静之处,愿上天允许我和我的同伴不要被葬在其他坟地中!"

十七、托雷斯海峡

1月2日，我们从日本出发，航行了1.134万海里。沿澳大利亚西北海岸线，在"诺第留斯号"前出现了一片危险的珊瑚海。沿着这个可怕的浅滩，我们的船航行了几英里。1770年6月10日，库克的船在那里差一点儿触礁沉没，当时撞上了一块礁石，不过没有沉下去。很幸运，船撞上的珊瑚石松散了。

我非常乐意去看这个1000英里的礁石。但是，"诺第留斯号"潜入深处，看不到高高的珊瑚礁，我只能欣赏被渔网拖上来的鱼标本，包括大小和金枪鱼差不多的鳊鱼，它身体两边呈现蓝色，如果它死去，身上的直条纹就会消失。成群的鲭鱼伴随着我们，丰富着我们的食谱。我们打捞上来大量的猪头鱼，只有1/4寸长，吃起来味道像泥鳅；还有一种飞鱼，好像水中的燕子，黑夜里，在空中和水中疾行时会泛着磷光。在渔网里的大量的鱼中，我认出了海胆、纺锤贝、梳形贝等很多种软体动物和植物形动物。植物中有可爱的、能漂动的海藻，它们从气孔中渗出一种黏液，我把这种胶质海藻归入到博物馆天然珍奇一类。

穿过珊瑚海两天后，也就是1月4日，我们进入新几内亚海岸。尼摩船长告诉我，他打算由托雷斯海峡进入印度洋。一得知我们正在靠近欧洲水域，奈德兰就高兴起来。

托雷斯海峡将澳大利亚和新几内亚分隔开，这里，不仅有危险的礁石，还有危险的土人。

新几内亚在北面，位于南纬0度19分至10度2分、东经128度23分至146度15分之间。中午，大副测量我们的方位时，我辨认出阿尔法克斯的主峰。这个岛是在1511年由葡萄牙人弗朗西斯科·塞兰诺发现的。有人说这里是占领马来群岛的黑人的最早家园，在这次危险的航行中可能会遇到这些可怕的安达曼人。"诺第留斯号"进入了地球上最危险、就连最勇敢的航海家也不敢轻易靠近的海峡。1840年，杜蒙·居维尔的船触礁搁浅，所有的船员都沉入了海底。但是，我们的船对这些危险毫不在意，还要在这些珊瑚礁中走一趟。

托雷斯海峡约100英里宽，有各种各样的岛屿、礁石和岩石阻碍着船，使船几乎不可能通过它。船进去之前尼摩船长采取了必要的预防措施，启程时，船缓慢地贴着海面航行，螺旋桨好像一头鲸鱼的尾巴一样慢慢地拍打着海水。

在这样的情形下，我和两个同伴站到了空无一人的平台上。我们下方是舵手的船舱，我敢肯定尼摩船长正在亲自指挥着船的航行。我手里有一份精致的托雷斯海峡的航海图，它是由水文地理工程师凡桑顿·杜莫林在库普芬·德斯布华的协助下完成的，这些航海图是世界上最好的。

海水在船的周围剧烈地翻腾着，海流以25节的速度从东南向西北方向涌动,把我们周围的珊瑚石冲碎了。

"海水真可怕!"奈德兰说。

"是很可怕。但是,对于我们的船来说,这根本不算什么!"我说,"我看见撞上船的珊瑚石成了碎片,那位鬼船长现在一定很自信。"

在这种危险的形势下,"诺第留斯号"魔术般地通过了险恶的礁石。它没有走"星盘号"触礁的航线,而是沿着莫雷岛继续北上,转向西南回归到康伯兰通道。当船通过靠近汤德岛和魔鬼海峡的无名小岛时,我曾以为它会触礁沉没。

尼摩船长改变航行,向西驶向魁伯罗尔岛。我想,尼摩船长大概已经疯了,他或许正在打算要通过杜蒙·居维尔的两艘小护卫舰沉没的海峡。下午3点多,海流渐渐平静,船接近了一个小岛,我们离岸不到2英里,我可以清楚地看到岸边醒目的露兜树。

突然,我感到一震,"诺第留斯号"不动了,而且有点儿向左倾斜——它撞上了礁石。我站起来,看见尼摩船长和大副正站在平台上检测船的位置,并用难以理解的语言交谈了几句。在船右侧2英里处就是魁伯罗尔岛,它的海岸线就像一个巨大的手掌从北面一直延伸到西面。在南面和东面,我们能够分辨出退潮中显露出的珊瑚礁。"诺第留斯号"是在涨潮时搁浅的,很难再漂浮起来。它的船体非常坚固,并没有受损;但如果长期搁浅在礁石上,即使不会沉没或渗漏,那也会很危险,这艘潜艇的末日将会到来。我正出神,船长走了过来,他并不惊慌,也没有不高兴,脸色冷峻而平静。

"很严重吗?"我问道。

"不,一点儿小意外。"他回答。

"可是,这个事故将会迫使你重新回到你逃避的陆地生活!"

他奇怪地看了我一眼,做了一个否定的手势,表明没有什么能迫使他改变决定。"不,阿龙纳斯先生,我们的航行才开始,我可不想失去你这样一个朋友。'诺第留斯号'不会毁灭,它会带着你遨游海洋。"

"可是,船长,"我毫不介意他的嘲讽,"船是在涨潮时搁浅的,这时候太平洋的潮汐不是很强,如果你不能稳定船体,我看不出它怎么能够再次漂浮。"

"是的,教授,"他说,"太平洋上的潮汐不是很强。但在托雷斯海峡,涨潮和落潮之间仍然有 5 英尺的差别。今天是 1 月 4 日,过 5 天会有一次满月,如果月球不会使海水升上来才奇怪呢!"说完之后,船长和大副走进"诺第留斯号",船好像被固定在珊瑚建筑上一样,再也不能动了。

"嘿,奈德兰,我们要等待 9 日的涨潮,大概月球很乐于帮助我们再次漂浮。"

"就这样?"

"就这样。"

"船长不打算抛锚用绞车将船从礁石上移下来?"

"假如潮汐能够使船浮起来,为什么还要那么做?"康塞尔说。

加拿大人奈德兰耸了耸肩,作为一个水手,他不能接受这样一种情形。他说:"先生,相信我,这堆厚铁再也不会航行了。"

我想，现在咱们应该离开尼摩船长了。"

"奈德兰，我的朋友，"我说，"我认为情况并没有你想的那样糟糕，4天之内，我们就会知道太平洋潮汐并没有辜负我们的信任。而且，如果现在我们在英格兰或法国南部的海岸，要逃跑还行。但是，这是新几内亚，那就另当别论了。如果'诺第留斯号'真的不能够从礁石上下来，我们也有许多的时间来考虑逃跑。不然，我们的处境会更糟糕。"现在我们只能安安静静地待在这里祈祷潮汐能如期到来。

十八、捉摸不透的船长

1月10日,潮汐果然如期到来,"诺第留斯号"在经过潮水的一次又一次掀动后,终于慢慢地离开了它所搁浅的珊瑚石床,时间正是船长所估计的,船的螺旋桨庄严而缓慢地搅动着海水。船的速度逐渐增大,同时向着大海洋面行驶开去,安然无恙地将托雷斯海峡这危险水道抛在了自己的后面。

1月13日,"诺第留斯号"抵达帝汶海,位置在东经122度。从这里可以望见帝汶岛,这座岛由当地的酋长们统治,他们自称是鳄鱼的后代;所以,鳄鱼这种动物被视为祖宗,有幸在岛上的河流中大量繁衍。岛民保护它们,将胆敢捕捉它们的人视为敌人。

"诺第留斯号"却不想与这种丑陋的动物打交道。船头朝印度洋前进。尼摩船长要带我们去何方?北上亚洲海岸吗,还是沿着欧洲海岸前进?我们三人有点儿不安地揣测着。他想避开有人居住的陆地?但是从航向看,似乎不可能。会不会南去好望角,再经过合恩角,直奔南极呢?他最后总要回到太平洋,但在太平洋中航行,"诺第留斯号"方便吗?这一切,只能拭目以待!

到了1月14日,我们已经看不见陆地了,船速也出奇地慢下来。"诺第留斯号"似乎变得任性起来,在水下潜行一阵后,又不时地浮出水面。在这一段航程中,尼摩船长对海中不同水层的温度饶有兴味,不断地做实验。通常,记录水温要借助复杂的仪器设备,而结果却往往不一定可靠:温度计的玻璃管很容易被水压挤碎,通电的金属仪器数据也无法测量。但尼摩船长自有一套办法,他亲自潜入水中探测不同水层的温度。他的温度计跟水层一接触,准确的度数马上显现。"诺第留斯号"帮助他做实验:只要把储水舱灌满,或是借助升降板的动作,船就能下潜到3000、4000、5000、7000、9000甚至10000米的深度。在1000米水深的位置,温度是4.5℃;再往下不论到任何位置,温度总维持不变。

我怀着极大的兴致看着他做实验。我发现他对实验怀有真正的热情。他这样做是出于什么目的呢?为了人类的利益吗?这不大可能,因为他的工作和他本人总有一天会消失在茫茫大海中而不为任何人所知!除非他打算告诉我实验的结果。他究竟在干什么呢?我猜想不到。尼摩船长告诉我地球上不同水域海水的比重,但这些数据与其说增加了我的科学知识,还不如说帮助我增进了对他为人的了解。

1月15日的早晨,我和尼摩船长一起在甲板上散步。他问我是否知道海水的各种比重。我回答"不清楚"。再说,据我所知,似乎这方面还未曾有过精密的科学测量。

"我观察过了。"他说,"而且我的观察是可信的。"

"太好了。"我答道,"不过'诺第留斯号'属于另外的世界,它取得的'秘密'是不会与陆地上的人们共同分享的。"

"是的,教授。"船长陷入沉思,然后说,"'诺第留斯号'跟陆地不相干。不过,既然我们二人有幸相遇,我非常乐于告诉您我所观察的结果。"

"非常感谢,我静候您的指教,船长。"

"您想必知道海水的比重大于淡水,但海水的比重并非到处一样。假若淡水的比重为1,太平洋海水就是1.028,地中海则为1.03……"

"嗬!"我想,"他还到地中海去冒过险哪!"

很显然,"诺第留斯号"并不回避交通繁忙的欧洲水域。我猜想,或许不用多久,它也会带我们到比较文明的地中海去的。果真如此,奈德兰一定会高兴的。接连好几天,我们泡在一起做各种实验。尼摩船长处处显示出他过人的才智,也处处显示出对我的善意。但后来几天,他又不见了。日子过得很快,我慢慢地习惯了船上的日子。加拿大人还像往常一样,努力改变船上的食谱。我的仆人康塞尔仍然对他看到的动物进行分类。就在这个时候,发生了一件怪事,让我们备感彷徨。

1月18日,"诺第留斯号"行驶到了南纬15度、东经105度的地方。天气异常恶劣,风急浪高,一场海上大风暴即将来临。

我在船副来测量船只位置的时候走上平台,等待着他像往常那样说出每日所说的那句话。然而,令我诧异的是,那句熟悉的话被另一句我照样听不懂的话替代了。接着我看见尼摩船长走出来,拿着望远镜向天边望去。几分钟内,他站在那里一动不动。一会儿,他放下望远镜,和船副交换了几句意见。船副似乎很激动,但尼摩船长仍然保持着冷静。从神情上看,他们两人好像有些分歧。尼摩船长在平台上走来走去,不时停下来,交叉着双臂观察大海。船副又拿起望远镜搜索天际,也在平台上走来走去,其神经质的表情和船长的冷静形成鲜明的对比。

我感觉到,这个谜很快就要揭开,因为船在得到尼摩船长的命令后开始加速前进。这时,船副再次提醒船长注意,船长又拿起望远镜向天边望了一阵。究竟发生了什么事情呢?我心里很纳闷,便回客厅拿来我的望远镜准备自己观察一番。但没等我的眼睛挨上镜面,我的望远镜就被人一把夺了过去。我转过身来,吃惊地发现尼摩船长脸上一副异常愤怒的表情,眼里射出阴沉的目光。但很明显,他仇恨的对象并不是我,因为他正紧紧盯着那神秘的天边。过了一会儿,他的神情又恢复了安静和镇定。在对船副说了几句神秘的话以后,他转过身来面向着我。"阿龙纳斯先生!"他用一种居高临下的命令式的口吻对我说,"我现在请求您履行我们曾有过的一条约定。"

"什么约定呢,船长?"

"我要把您和您的同伴都关起来,直到我认为我可以让你们自由为止。"我本打算向他提一个问题,但被他拒绝了。我到奈德兰和康塞尔的房间,告诉了他们船长的决定。那加拿大人是怎样一种火爆的反应已用不着我在这里细述。总之,我们三人又被关进了刚上船时住过的那个房间。我对奈德兰和康塞尔讲了一下事情的经过,他们也颇感惊异,猜不出发生了什么事情。

我正愁眉紧锁，突然听奈德兰说午餐端来了。果然，午餐已经在饭桌上摆好了。我们三人坐下来吃饭，吃饭时一句话也没有。我心事重重，吃得很少，康塞尔也吃得不多。只有奈德兰，虽然对饭菜颇有意见，却一点儿也没有少吃。我们吃完饭后，各自找到一个角落躺下来。

　　就在我们躺下时，灯全熄了，我们处在完全黑暗中。奈德兰很快就睡着了；让人吃惊的是，没过好久，康塞尔也打起了微鼾。当我的头也越来越沉时，我想是什么使得我们这样贪睡。虽然我竭力想使眼睛睁着，但是，还是闭上了。一个让人痛苦的疑窦袭上心来，很明显，我们刚吃的饭里被掺了安眠药，为了不让我们知道尼摩船长将要做什么，他将我们囚禁起来还不够，还必须让我们昏睡过去！

　　我听出升口被关闭了，"诺第留斯号"轻微地摆动停止了，它是不是离开了海面？它是不是潜入了更深更平静的海底？我努力与困倦搏斗，但是，那没有用。我的呼吸越来越轻，我感到一股寒气侵入我几乎无力的躯体，我的眼帘就像铅块一样合上了，进入了可怕的梦乡；然后，所有的景象都消失了，我完全失去了知觉。

十九、印度洋

　　我也不知昏迷了多久,当我醒来的时候我们开始进入这次海下旅行的第二阶段了。第一阶段给我留下的印象是尼摩船长的生活完全是属于大海的,他甚至把墓地都在这里秘密地预备好了。在这里,将不会有什么海怪,更不会有什么生人来打扰他。他以这种特殊的方式,表达了他对人类根深蒂固的不信任感。然而,其中的原因何在,对我来说仍是一个谜。在康塞尔的眼里,尼摩船长是一个被埋没了的学者,是一个不为人类所了解的天才,因而他只好来到这个可以任其天性自由发展而其他人却难以接近的地方。这种说法不能说没有道理,但在我看来,这绝对不可能就是尼摩船长的全部。我隐隐约约地感觉到,他不仅是在逃避人类,而且还可能在施行某种可怕的报复!我现在虽然还没有什么证据,但我坚信我将来可以证实这一点。

　　那天中午(1868年1月21日中午),"诺第留斯号"在做完例行的观察之后潜入海中,航向直指西方。我们已经在印度洋的波涛中奔驰了。印度洋这片广大的水域水质清澈,若低下头看,一定会让人头晕目眩。

"诺第留斯号"一般都航行在300—600英尺的水下，好几天都是如此。我仍和往常一样，每天都到平台上去散步，呼吸海面上的新鲜空气，透过客厅的玻璃观察海中景象，在船长的图书室里阅读、做笔记。过着这样的生活，我觉得很充实，一点儿也不觉得无聊。性急好动的奈德兰可就不一样了，为了排遣生活的单调，他每天都想方设法地做一些不同口味的菜。这在我个人看来，实在是大可不必的事情。

从1月21日到23日，"诺第留斯号"每天以22海里的时速行驶，这样每天可以走上540海里。24日早晨，在南纬12度5分、东经94度33分处，我们望见了凯林岛。岛上有高大美丽的椰子树。"诺第留斯号"在距离它不远的水中行驶，打捞起许多腔肠和棘皮动物，以及其他好些新奇的贝类动物。很快，凯林岛消失在天边。船向西北航行，向印度半岛的顶端驶去。

"啊，文明世界！"有一天，奈德兰对我说，"那里肯定比野蛮人多于野鹿的新几内亚要好！教授，在印度有公路、铁路，有英国人、法国人和印度人居住的城镇，在城里，走上5千米一定可以碰到一个本国人。你说怎么样？难道现在不是离开'诺第留斯号'的最佳时机吗？"

"不，奈德兰，"我以坚定的口气说，"走着瞧吧。'诺第留斯号'正驶向有人居住的地方，它正在向欧洲行驶，干吗不让它把我们带到那儿去？而且，尼摩船长是不会像在新几内亚打猎那样让我们踏上马拉巴尔或科罗蒙代尔的海岸的。"

"那么，先生，为什么我们不能不辞而别？"

我没有回答加拿大人，我不想争论。而且，我从心底里想充分利用命运将我抛上"诺第留斯号"的这个机会。

1月27日，当船经过孟加拉湾出口时，我们看见很多尸体浮在水面上。那是印度村庄里的死人，他们从恒河顺流而下流入大海，鲨鱼口将是他们最终的归宿。晚上7点左右，"诺第留斯号"在牛奶似的海水里航行，海面上是一望无际的乳白色。康塞尔简直不敢相信自己的眼睛，忙问我是怎么回事。很幸运的是，我恰好可以告诉他这个问题的答案。

我告诉他，那让人惊奇的乳白色并非海水本身的颜色，而是其中数以亿计的纤毛虫。这种纤毛虫身体发光，外形胶质无色，在好几海里甚至几十海里长的海面上连接起来时，就使广阔的水面呈现出耀眼的乳白色。听了我的一番解释，康塞尔弄清了其中的奥妙，但仍惊叹不已。

在几个小时里，"诺第留斯号"冲开这些乳白色的水流向前行驶。直至半夜，海面才又恢复了惯常的蓝色。但在我们的身后，直至地平线的尽头，天空在很长时间里映着水面的乳白色，就像受到模糊的北极光照耀一样。

二十、尼摩船长的新提议

1月28日,当"诺第留斯号"在中午时分浮出水面时,测得位置在北纬9度4分。从船的所在位置往西边眺望,约8海里远的地方出现一片陆地。我用地图一对照,发现它是锡兰岛,它是悬在印度半岛下端的一颗明珠。

尼摩船长也来看地图,他说:"锡兰岛以采珠业闻名,阿龙纳斯先生,您想不想去参观一下呢?"

"当然愿意,那还用说。"

"很好,这事很容易,不过我们只能看到采珠场,看不到采珠人,因为采珠季节现在还没有到。不过,我将命令朝马纳尔湾驶去,半夜的时候可以到那里。"

尼摩船长又告诉我:"在孟加拉湾、印度沿海、中国海域和日本海,都可以采到珍珠;但是产自锡兰的珍珠质量最好。每年3月是采珠季节。300只船同时作业,每只船上有10人划桨、10人打捞。采珠人又分两组轮流潜入水中。他们两脚之间夹着重石,一根长绳系住他们与船相连,他们下潜到12米深的地方采珠。"

"他们现在还用这种原始的采珠方法吗？"我问道。

"是啊，那些可怜的人不能在水下待太久。"尼摩船长说，"采珠人在水下可以忍受约 30 秒。他们得赶紧将采得的珠贝塞进一个小网中。一般来说这些采珠人都短命。他们视力很早就衰退，眼角溃烂，遍体鳞伤，水下中风也是常有的事。"

"唉！"我说，"这都是为了满足少数人的兴趣而兴起的悲惨行业。"尼摩船长建议我跟我的同伴一起去参观，假若有早来的采珠人，或许还能看到采珠作业的情况。

"船长，就这么办吧。"

"敢问一下，阿龙纳斯先生，您怕鲨鱼吗？"尼摩船长突然发问。

"船长，坦率地说，我和这类鱼打交道没有什么经验。"

尼摩船长说："我们带上武器吧，或许可以猎得一条鲨鱼呢！那将是件很有趣的事儿。我们明早见。"说罢他点点头走了。

"我们得考虑一下。"我自言自语，"不能匆忙。跑到海底去碰大鲨鱼，这可不是闹着玩的！"

鲨鱼的形象不断地在我脑海里浮现。想到它们的巨颚，特别是那一排排尖利的牙齿，一下子可以把人咬为两截，我顿时感到腰部酸痛起来。然而，尼摩船长提出这种令人为难的邀请，口气却那么轻描淡写，就好像我们准备去某个森林里捕捉那些不会对人造成伤害的狐狸一样。

"康塞尔一定不愿意去，"我思忖，"这样我就有借口不去陪船长。不过奈德兰的态度难说，他天性好斗，不管有多大的危险，总是跃跃欲试。"

这时候，康塞尔和奈德兰走了进来。尼摩船长同样向他们发出了邀请，他们却不知道可能要与鲨鱼打交道。

"先生，"康塞尔问我，"采珍珠危险吗？"

我便把相关一本书里的珍珠知识讲给他们听。在讲述过程中，我竟把一个小纹贝里可能含有 150 颗珍珠说成是 150 条鲨鱼了。这差一点儿引起奈德兰的注意和追问，幸亏我把话题岔过去了。但讲到最后，当康塞尔问我采珠是否有什么危险时，我看见奈德兰那副满不在乎的样子，便也像尼摩船长一样轻描淡写地问他是否怕鲨鱼。

"我？"加拿大人说，"一个职业鱼叉手？真可笑，这是我的职业的一部分。"

"你用转钩去捕猎它们当然不成问题。"我说，"你只要将它们拖上甲板，用斧头斩断它们的尾巴，剖开它们的肚子，切下它们的心脏扔进海里！"

"那么，你是说将要在水下……"

"是的，在水下。"

"在水下也没关系，只要给我一把鱼叉，我就能把它制服！此外，先生，您可能已经知道鲨鱼的构造有点儿特别，它们要转过身来抓住您，而这就给了您时间去反击。"

奈德兰说"抓住"这个词时，我感到一股凉气穿过我的脊梁。"那么，康塞尔，你怎么样？你对鲨鱼怎么看？"

"如果先生要去面对鲨鱼，那我绝对会义无反顾地跟您去。"康塞尔答道。

二十一、红海

在1月29日这天,锡兰岛渐渐消失在地平线上,"诺第留斯号"以20海里的时速驶入把马尔代夫群岛和拉克沙群岛分开的弯曲海峡。至此,从日本海出发算起,我们已走了7500里。

第二天,"诺第留斯号"浮出水面,放眼四望,不见陆地。船头朝北偏西北方向前进,即朝阿曼湾驶去。它是阿拉伯半岛和印度半岛之间的区域,是进波斯湾的必经之路,很明显这是一个没有出口的死胡同。"诺第留斯号"不可能去波斯湾,进去后也得从原路折回。不走波斯湾,就得走红海。

奈德兰说:"红海跟波斯湾相同,也没有通道,苏伊士运河还没有凿通呢!即使凿通了,我们这艘怪船恐怕也不便在运河的水闸间冒险吧。"

我对他说:"估计在阿拉伯和埃及一带的水面逛逛后,我们就要重回印度洋,然后走莫桑比克海峡,或是从马斯克林群岛的水面经过后驶向好望角。"

"当到了好望角之后又如何呢?"加拿大人追问道。

"那我们就会进入还未曾去过的大西洋了。嘿,朋友,你难道会对这种海底旅行感到乏味吗?海底景色千变万化、奇幻无比,这种机会可不是普通人能享受得到的。"

"不过,"加拿大人回答,"阿龙纳斯先生,您有没有想过,我们被囚禁在这艘船上已快 3 个月了!"

"不,奈德兰。我已不去想,也不计算天数和小时。"

"可是,这种日子什么时候到头呢?"

"将来有一天,结论自会出现。我们现在讨论也无用。如果你说'逃吧,机会来了',那我马上和你商量研究,可是现在的情况并非如此呀!而且,我不认为尼摩船长会把这艘船开进欧洲水域。"我说。

或许奈德兰觉得我太悲观,或者说根本无意逃跑,觉得跟我再探讨下去也没意思,就终止了这个话题。

有四天时间,直至 2 月 3 日,"诺第留斯号"始终在阿曼湾里航行,船的深度和速度不断在变,好像它吃不准该走哪一条航线。后来,它沿着阿拉伯海航行。2 月 6 日,当船浮出水面时,我远远地看见亚丁湾。这个港口建在海峡上,一条狭窄的地峡将它与大陆相连。我猜测到了这个地方之后,尼摩船长会下令将船退出,沿路返回。可是我错了,他并没有这样做。2 月 7 日,船通过曼德海峡,中午时分,我们进入红海。红海是《圣经》中记载的著名大湖,降水量很少,即使有雨水也并不凉爽;而且没有一条大河做它的水源。过量的蒸发使水位不断下降,每年总要下降 1.5 米!

红海长 2100 千米,很窄,宽度平均只有 240 千米。早在古埃及的托勒密王朝和古罗马时代，它就是重要的国际商旅通道了。待到今后苏伊士运河打通，它一定会恢复昔日繁荣的光彩。我懒得去想尼摩船长把船开到这海湾的动机，但我完全赞成到红海来。"诺第留斯号"时升时降，小心地躲避来往的船只；这样，我就可以从水面上和水下来观察这奇异的海洋。

"诺第留斯号"离非洲海岸越来越近，海水越来越深，清澈如水晶。打开舱盖板，色彩艳丽的珊瑚林映入眼帘。绵延一片的岩礁上覆盖着一层绿色的海带和墨角藻，放眼看去，犹如一块气势宏大的地毯，景色变幻无穷，无法描述！海底的灌木形动植物千姿百态，海面以下十多米处动植物尤其繁盛奇幻，尽管色彩较暗，不及水面的一层艳丽斑斓，但因为表层有海水湿润，显得新鲜活泼。

我记不清透过客舱的玻璃窗户，欣赏了多少海底的动植物种类，由此度过了多少快乐迷人的时光！

2月9日，"诺第留斯号"浮出水面，这里是红海最宽阔的水域，西岸是苏阿金港，东岸是坎弗达，宽度有190海里。

中午，我站在甲板上观赏景色，正好尼摩船长也走上来。

"啊，教授先生，喜欢红海吗？您充分观察到它所蕴含的奇异东西了吗？我指的是鱼类和浮游生物、海绵花坛和珊瑚森林……"

"是啊，船长，"我回答，"'诺第留斯号'最适合做这种研究，这是一艘聪明的船！"

尼摩船长笑笑。

我又问："船长，您好像对红海专门研究过，能告诉我红海名称的来历吗?"

"阿龙纳斯先生,这个题目有很多解释呢。您愿不愿意先听听 14 世纪时一位编年史家的看法?"

"我乐意。"

"这位想入非非的学者认为'红海'的名称是在以色列人走过这片海之后才有的。法老的军队在以色列人后面紧追不舍。大海听到摩西的声音就掀起巨浪,把法老的军队全淹没了,摩西是这样传的圣谕:

主啊,显示你的奇迹吧!

海崩地裂,

化水为红,

从此,以它为名。"

"尼摩船长,"我追问道,"这是诗人的解释呀,我不满意。我想请教您个人的观点。"

"阿龙纳斯先生,依我看,这个名称来自希伯来语'埃德林',即'红色';古人这样称呼,是因为海水的颜色。"

"不过到目前为止,海水始终清澈,没有什么特别的颜色。"

"当然,只是再往海湾内部去,您就会看到奇怪现象了。记得我去过多尔湾,那里的水完全是红色,好像一个血湖。"

"这会不会同海水中存在微细水藻有关,依您看?"我问。

"是的。是束毛藻的一种,它分泌红色的黏胶物质,体积十分细小,4 万个这种植物才占 1 平方毫米面积。等我们到达多尔湾的时候您会看得到。"

"您刚才说起以色列人走过红海和法老军队遭水淹的故事。

您在水底下发现过这件历史事件的残迹吗?"我又问。

"教授先生,没有,但这有一个充足的理由。"

"什么理由呢?"

"摩西带领他的人民经过的地方现在是一片沙土,连骆驼也不会弄湿腿。如果没有水,'诺第留斯号'就去不了,您很清楚。"

"这地方的位置在哪里?"我问道。

"在苏伊士略往上,从前曾是很深的河口,红海的水一直通到这些咸水湖中。以色列人通过那里去巴勒斯坦,法老的军队也在那里遭到灭顶之灾。我想,假若到那里的沙土里去发掘,很可能会找到大量古埃及人的武器和用具。"

"是这样。"我赞同地说,"不过发掘工作要抓紧。因为苏伊士运河一旦凿成,地峡上就会出现许多新的城市。当然,这条运河对'诺第留斯号'来说没有什么用处。"

"很可能,我不能带您经过苏伊士运河,但后天在地中海,您可以看到塞得港的长堤。"

"在地中海!"我喊起来。

"是的,教授,您觉得奇怪吗?"

"怎能不奇怪呢?'诺第留斯号'绕过好望角,沿非洲兜一圈,后天就到地中海,这需要惊人的速度才做得到!我想您的'诺第留斯号'就是长上翅膀也很难做到。"

"谁对您说过'诺第留斯号'要绕非洲一圈,从好望角经过呢?"

"不这样它就只能在陆上行驶,从地峡上面过去,或者……"

"从地峡底下过去,阿龙纳斯先生。"

"什么,难道地底下有通道?"我惊讶万分。

"当然,"尼摩船长神情安详,"人类今天在地表所做的,大自然早就在地底下做过了。"

"怎么被您发现的,是由于偶然的机会吗?"我越发惊奇了。

"由于偶然的机会,也由于推理,教授先生,甚至不妨说,推理的因素大于偶然成分。"

"船长,但是,我几乎不敢相信自己的耳朵了。"我等待尼摩船长的解释。

"教授先生,我是靠运用自然学家的简单推理,才独自发现了这条海底隧道的存在。起先我注意到,在红海和地中海中生活着若干相同的鱼类,它们绝对相同,譬如蛇鳗、鲳鱼、绞车鱼、簇鱼、愚鱼、飞鱼等。在确认这种事实后,我不由得想到两海之间可能由某条通道相连。我还注意到两海的水位高低不同,水流必定从红海流向地中海。于是,我在苏伊士附近水域捕一些鱼,在它们尾部套上铜环做记号,再放回大海。几个月之后,我在叙利亚海岸找到带铜环的鱼,这就证明两海相连的事实。我用'诺第留斯号'去寻找这条隧道,终于发现了它。教授先生,很快你就将在阿拉伯隧道中航行了!"

二十二、阿拉伯海底隧道

　　同一天，我把与船长交谈的部分内容告诉康塞尔和奈德兰。康塞尔拍手叫好，但是奈德兰耸耸肩膀。

　　"一条海底隧道？连通两海？有谁听说过啊？"奈德兰直摇头，说，"等着瞧吧！我也希望这是真的。愿上帝保佑船长把我们带到地中海！到那时，也许会有逃跑的机会。"

　　接连几天，"诺第留斯号"时浮时沉。从多尔湾经过时，正如船长在前面提到的，海水呈红色。

　　2月11日傍晚，我们望见了拉斯·默罕默德角，它处在苏伊士湾和亚喀巴湾之间；随后，船又驶入苏伊士湾的尤巴尔海峡。黑夜来临，不时传来海鸟的叫声、海浪拍击岩石的声音以及远处汽船桨叶搅动海水时所发出的声音。从晚上8点到晚上9点，"诺第留斯号"在距离海面很浅的水下行驶。我感觉苏伊士很接近了，从客厅打开的嵌板望出去，可以清楚地看见被我们的电光所照亮的水底岩石。晚上9点15分，船又浮出水面，我走到平台上去呼吸新鲜空气。

在黑暗中，我看见远方有一些火光。

"一个漂浮着的航标灯。"有人在我旁边说。

我转过身来，认出了尼摩船长。"那是苏伊士航标灯。"他接着说道，"我们离隧道口不远了。"

"一定很难进去。"

"是的，这就是整个操作期间我都在舵手间的原因。现在，请你下去，阿龙纳斯先生，'诺第留斯号'将要下潜，而且不再浮出水面，直到我们通过了阿拉伯隧道。"

我尾随着尼摩船长，升降口关闭了，水舱进满了水，潜艇下潜了 30 或 35 英尺。"教授，"他说，"你愿意在舵手间陪我吗？"

"我深感荣幸！"我回答。

"那就是说，你将能够看到这次在水下和陆地下航行的全过程。"尼摩船长将我领到中央升降口，半路上他打开了一扇门，顺着上面的通道下去，最后来到了舵手间。舵手间处在平台的前部，这是一个大约 6 英尺见方的小屋，多少有点儿像"密西西比号"和"哈德森号"蒸汽船的驾驶台。

中间是一个立式舵轮，连着通向船尾的舵链。舱的四壁上有 4 个由棱镜组成的舷窗使舵手能够看清每个方位。

当我的眼睛适应了舵舱里的昏暗后，我看清了舵手，他是一个体格强壮的人，手中紧握轮盘，海水被我们身后平台另一端的探照灯照得通亮。

"现在，"尼摩船长说，"让我们找隧道去吧。"电线从发动机房通到这个舵舱，船长就可以直接发布命令，他只要按一个金属按钮，发动机立即就会相应地减速。

我静静地看着窗外面高高的峭壁——海岸边沙山的岩基,我们正紧挨着行驶,我们就这样离峭壁只有几英尺地行驶了一小时。尼摩船长的眼睛一直没有离开过挂在舱房里的指南针,他只要一个动作,舵手就立即按他的意思改变航向。我在左舷窗旁,能够看清珊瑚基脚、植物形动物和海藻,从岩石的缝隙里,我可以看见甲壳纲的动物挥舞着它们巨大的螯。

晚上 10 时 15 分,尼摩船长开始掌舵,一个狭长的、又黑又深的通道出现在我们的面前,"诺第留斯号"勇敢地开了进去,两边可以听到奇怪的隆隆声,那是红海的水通过这个倾斜的隧道冲向地中海。尽管发动机已经在逆水流方向反推水流,但是,"诺第留斯号"还是像箭一样地向前飞驶。

沿着隧道狭窄的岩壁,除了由于我们的高速和强烈的灯光造成的一层明亮的光带,我什么也看不清。我的心跳加速,用手抚摸着胸口想使心平静下来。

晚上 10 点 35 分,尼摩船长放下了舵轮,转过来对我说:"地中海。""诺第留斯号"随着这股高速的水流,在不到 20 分钟的时间里就通过了苏伊士地峡。

二十三、地中海四十八小时

第二天，2月12日黎明时分，"诺第留斯号"浮出了海面。我立即跑到平台上去。在向南3海里的地方，我可以模糊地分辨出贝鲁斯城的轮廓。无疑，我们已从一个海域来到另一个海域了，当然这是顺流而行，逆流向上恐怕难以做到。

尽管快到地中海了，但有一点我觉得很明显：尼摩船长不喜欢地中海，这里的海水和海风给他带来的，不说是过多的遗憾悔恨，至少也是过多的伤怀记忆。曾经那么潇洒自在的神情，从他脸上消失了。甚至，在这次快速航行中，他干脆就不露面。

不用说，这让奈德兰很沮丧，因为他不可能在高速行驶中实施他的逃跑计划。而且，"诺第留斯号"只是在夜间才浮出水面，以补充一点儿新鲜空气。至于我和康塞尔，虽欣赏不到多少景致，但还可以看见一些地中海的鱼类，倒也没有太大的遗憾了。这些鱼类靠着它们有力的鳍，可在短时间内跟随"诺第留斯号"的航行。我们拿着笔记本，守在客厅的玻璃窗边，以最有效的方式进行我们的研究。

在被我们的电灯照得通明的海水里,我看见有3英尺长的七鳃鳗蜿蜒游动,5英尺宽的尖嘴鱼像围巾一样飘来荡去,令潜水员恐惧的10英尺长的鸢鲨彼此你追我赶,8英尺长的海狐狸像淡蓝色的阴影一样急速掠过,9—10英尺长的美丽鲟鱼用有力的尾巴冲撞客厅的玻璃。

当"诺第留斯号"行至伯恩角和墨西拿海峡间的海域时,海底突然上升,犹如一条山脊。为避免撞上这道海底栅栏,航行速度不得不放慢下来。康塞尔特别用心地研究了这一带浅水海底中的软体动物和节肢动物。通过浅水海底后,"诺第留斯号"又进入了深水之中,速度也重新快了起来。此后,软体动物、节肢动物以及植虫动物都不见了,只有一些大鱼像黑影一样匆匆游过。

在2月16日—17日夜间,我们进入了地中海的第二个盆地,水深达1万英尺。"诺第留斯号"在强力轮机的推动下,潜到了这个海域的最深处。

虽然没有自然奇观可供欣赏,但是,海底仍然有许多让人迷惑和害怕的景象。我们正在通过地中海海域里有许多沉船的地方,真不知有多少船只在阿尔及利海岸至普罗旺斯之间失踪!地中海与浩渺的太平洋相比只是一个湖而已,而且,还是一个反复无常、变幻莫测的湖。对于一艘在深蓝色的大海和蔚蓝的天空之间航行的轮船来说,今天,它是温和与爱抚的,而明天,它又是暴戾和折磨的,风急浪高,随时都能够把最坚固的船掀翻。因此,在这深水里航行,我看见了无数躺在海底的残骸,有的已被珊瑚虫包裹,有的上面还只是覆盖了一层水草。我还看见铁锚、火炮、炮弹、机器零部件、烂铁筒、破损的锅炉和在水中漂移的船板。

这些遇难的船只，有的是撞沉的，有的是触礁沉没的。"诺第留斯号"在它们中间穿过，当灯光将它们照得亮堂堂时，我觉得这些船好像要升旗迎接我们似的。但是，没有，什么都没有，在这片伤心之地只有寂静和死亡。

我注意到，当我们接近直布罗陀海峡时，沉船的数量还在增多。在这儿，离非洲和欧洲的海岸更近了，在这个狭窄的水域，船只互相碰撞的现象非常普遍。我看见了许多铁船，它们平摊在海底，像大型动物一样站在那里。有一只船情景最可怕，船体上尽是大洞，烟囱扭弯了，机轮被摧毁了，只剩下了架子，船舵已与船尾柱分离，但仍被铁链系着，船尾板已被海水锈蚀。真不知有多少生命丧失在这艘船上！也不知有多少遇难者与它一起沉入海底。是否有船员幸存告知人们这可怕的灾难？或者海洋仍然保守着灾难的秘密？不知为什么，我觉得这艘沉入海底的船很可能是"阿特拉斯号"。20年前，它完全消失了，没有人听说过它的任何消息！书写地中海海底的历史真是一件残酷的工作，在这个大墓地里，太多的财宝丢失在这里，更有许多人在这里丧失了性命！

然而，我们的船漠不关心地通过了这些残骸。2月18日凌晨3点，"诺第留斯号"进入了直布罗陀海峡的入口。这海峡中的水流有上下两层：上层由大西洋流入地中海，下层则由地中海流入大西洋。"诺第留斯号"正好利用了这股水流，在几分钟之内，这股水流就让我们置身于大西洋的水域之中了。

二十四、沉没的陆地

第二天一大早，奈德兰就沮丧地来到我房中，向我抱怨那个古怪船长在他快要行动的时候突然把船停住了。于是我就把昨晚的所见所闻告诉了他。本以为这样就会打消他逃跑的念头，谁知他听了以后仍然愤愤地表示，如果再有机会一定可以逃走。

加拿大人找康塞尔去了，我到客厅里去看罗盘，发现"诺第留斯号"的航向是西南偏南，正与欧洲大陆背道而驰。我把船的方位记在地图上，心中不免有些着急。大约11点，船浮出水面行驶。我立即登上平台，发现奈德兰早已在那里了。

陆地再也望不见了，只见汪洋一片，天色灰蒙蒙地，恐怕要刮大风。但太阳露了头，趁着天气暂时晴朗，大副走来测量太阳的高度。过一会儿，海浪又开始咆哮起来，我们全部回到船中。根据测量的结果，船现在的位置在西经16度17分、南纬33度22分,离最近的海岸有153海里！当奈德兰知道方位时，可以想象他是何等愤怒。

至于我，倒并不太失望，反而有一种如释重负的感觉。至少，我得到了一种相对的安定，可以继续从事我的研究。

大约晚上 11 点，尼摩船长突然来看我。他关切地问我是否感到劳累，因为前一天通宵未睡。我回答说："还行"。

"那么，教授，您想不想再做一次有趣的旅行？"

"请说吧，一次什么样的旅行？船长。"

"您以前下海底参观，都是在白天和阳光下，那么这次我们黑夜去。"

"太好了！"

"不过预先提醒一句：这次旅行可能会很累，要走远路，爬高山，而且路不太好走。"

"您越说，越增加我的好奇心，不碍事，我这就准备去。"

"行。"船长微笑，"我们一起去，先去穿潜水衣吧。"

在更衣室里，只有我们两人，其他船员都不去。尼摩船长也没有提议带奈德兰和康塞尔同行。

我们只花了几分钟就穿好潜水衣，又带了必要的器具，背上灌满空气的气筒，但却没有带照明电灯，我随即提醒船长。"电灯对我们没有用处。"他回答。

我怀疑他没有听懂我的话，但无法再说一遍了，因为船长的脑袋已经消失在金属球中。我也戴上铜球。船长随手递给我一根金属顶的棍子。几分钟后，在进行了一连串常规入水操作后，我们就踏入大西洋海底 300 米深处。

时间已近午夜，海水一片漆黑。尼摩船长指给我看远处的一团红点，它距"诺第留斯号"约有 2 海里。这红点是什么？是什么能量使它发光？它又怎么能在海水中发光？对这些问题，我都回答不上。不管怎样，虽然光线模糊，但它起照明作用，多少使我们能看到点儿什么。而且，我们的眼睛不久也习惯了这种特殊的黑暗。我明白了为何不必带电灯。

尼摩船长和我彼此紧挨着，向红点一步步走去。地势在渐渐上升。地上有很多石块，还有水母、甲壳类、磷光植物和动物等。海藻覆盖的路面带着黏性，很容易滑倒。如果没有那根铁棒的帮助，我们很可能寸步难行！我不时回头看，"诺第留斯号"淡淡的灯光越来越模糊。

而指引我们的红色光点却不断在加强，它现在变成一片光芒，把海底照得通红。发光点在水下，这究竟是怎么回事？我越看越奇怪，路愈来愈明亮。这时我发现，光芒原来是从前面一座高山的山顶照下来的；而真正的光源，那发光的焦点，其实还在山的另一面。

尼摩船长不断前进，他熟悉这里阴暗的道路，似乎他常来，不可能迷路。我跟在他后面走，信心十足。小路上长满海藻和墨岩藻，成群的虾类在地上爬来爬去。有时候我得跨过横躺在地上的大树干，难免要碰到缠绕摇摆的藤蔓枝条，于是这时受惊的鱼迅速逃窜。这些都使我兴致倍增，丝毫不觉疲倦。那是怎样的一幕！我怎样才能形容它呢？怎样才能描述这水中的树木岩石？它们的底部阴暗险恶，而它们的上部沐浴着越来越强的由海水反射过来的红光。我们爬过巨大的岩石，心中时刻想着会有我们听不见的崩落的隆隆声。在山路的另一边是被挖空了的黑暗山洞，看不见任何东西，我不时地想这个地方的"居民"会不会突然跳出来站在我们的面前。

我还感受到由海水的密度引起的不同。虽然我身着厚重的潜水衣，戴着铜球，穿着铅底鞋，但是，我仍然能够爬上几乎不可能爬上的险峻的陡坡，而且敏捷得好像羚羊一般。

我知道我的这些海底旅行的描述很难让人相信，但我还是要描述这些看上去好像明显不可能的事情，它们实实在在是真的，不容怀疑的，这不是梦魇，而是我看到和感受到的！

成群的鱼儿从我们的脚底下游过来，就像深草中飞出的鸟儿一样。巨大的乱石堆形成许多深不可测的裂缝、深洞和可怕的穴窝，可以听见其底部有可怕的生灵在移动。当我看见一个大家伙横在我前面的路上，或者听见从某个洞里传出令人心惊的声音，我身上的血就凝固了。成百上千的亮点在黑暗中闪烁着，那是藏在洞穴中的贝壳类动物、巨蟹和章鱼的眼睛。巨蟹像斗士一样弓起身子，挥动着大螯发出金属般的响声。可怕的章鱼将它们的腕缠结在一起，就像一群活蛇。

在离开"诺第留斯号"之后约2小时，一座高峰耸立在前面。我们爬上它的第一处高地，许多稀奇的事情让我们大开眼界：一大片废墟构成一幅绝好的画面，尽管看来模糊不清，但城堡、寺庙的轮廓依稀可辨，外表披着厚厚一层海藻、海带之类的植物。这些都不是天然形成的，而是人为建成的。

地球的这一部分已被巨大灾祸彻底摧毁，但，首先我想知道，这是什么地方？是什么力量将它们做如此安排？仿佛就像史前岩石群一般。其次，我现在何处？想象力丰富的尼摩船长要把我带到哪里去呢？尽管满腹疑虑，但我仍然紧跟着他攀登到了顶峰。我的眼睛一下子看得很远很远。原来，前面是一座火山！

一个宽大的火山口正在喷吐熔岩急流，石块和渣滓如雨点般地散落，而由熔岩组成的瀑布没入翻滚的海水中。由于我们所在的位置，这座火山看起来就像一个巨大的火炬，照亮整个海底世界，直到水平线遥远的尽头。

这个火山口只喷射熔岩，没有火焰，这是因为只有与空气中的氧结合才能生成火焰，而在水下火是无法燃烧的。熔岩流在奔突，这是浅红的狂潮，与周围的海水一接触，水就被汽化，强大的气流与海流混合，把一切都吞噬掉，迅速地向山脚扩散过去。

事实上，就在我眼前，一座被破坏的荒废的城市赫然在目。稍前一些是坍塌的屋宇、寺庙、拱门和横卧在地上的破损石柱，靠后处是大水利工程的残基、街道的高出部分和堤岸似的石基，这像是一个海港。再往后是一道道颓废的墙垣和宽阔凄凉的大道，船长让我看的是一座被淹没在海底的庞贝城！

我在哪儿？不管怎样，我一定要知道。我要开口问个究竟，想到这里，我使劲地想脱掉套在头上的铜球。

尼摩船长见状走到我跟前，摆手示意我停住，然后捡起一块白垩土在黑玄武岩的壁面上写下：亚特兰蒂斯。

我一惊，茅塞顿开！自古希腊时期至今，历史学家们为这块陆地、这个洲是否存在过始终争论不休。眼前，无可争辩的实物证据无声地说明它确实存在！在这块大陆上，曾经居住过强盛的亚特兰蒂斯种族。柏拉图在其著作中提到，亚特兰蒂斯人曾向古希腊人开战，后来，一场惊天动地的大灾祸改变了一切。仅仅一个晚上，亚特兰蒂斯便沉入海底。只剩下最高峰马德拉群岛、亚速尔群岛、加那利群岛仍然立在海面上。

我向那废墟望去，恨不能有足够的时间去走遍那大西洋的广阔地带，去访问那些洪灾前的伟大城市，去找寻那对我来说如此神秘的史前生活的种种遗迹！当我浮想联翩时，尼摩船长手扶长满苔藓的石碑，一动不动，呆立出神。我不知道此时他头脑中在想些什么，不知他是否也在回想那遥远的时代，不知他是否是因为厌倦了现代的生活才到这里来努力复活对于古代生活的回忆。我们两人就站在峰顶上，足足有一小时，静观那火光辉映下的广阔平原。

不久，月亮出来了，月光透过层层海水，在这块沉没的陆地上投下苍白的光芒。这些光非常微弱，但产生了一种难以描绘的景象。

终于，尼摩船长最后看了一眼那一望无际的平原，然后示意我和他一起下山。我们很快就下到山脚。穿过矿化的森林后，我看见"诺第留斯号"的探照灯像一颗星星在水中闪烁。船长和我径直奔船而去。当我们回到船上时，第一丝曙光正好照亮了海面。

二十五、海底煤坑

2月20日，我一直睡到11点才起床。我想知道我们现在所处的位置，便来到客厅里去查看"诺第留斯号"的航向，墙上的仪器告诉我它仍在朝南行驶，时速20节，水深300英尺。

康塞尔进来，我把昨天夜间的旅行讲给他听。此刻从打开的嵌板望出去，那块沉没了的陆地还没有完全消失。下午4点左右，地面上的石头越来越多，我想辽阔的平原不久就要终止在山脚下了。果不出所料，当"诺第留斯号"再往前行驶的时候，我望见南方的地平线被一堵高墙挡住，似乎所有的出路都给封锁了。很显然，那是超出海面的大陆，或者至少是一座岛屿。我不知道我们所处的方位，但我猜想这里可能就是大西洋的尽头了。

晚上，我独自一人留在客厅里，在玻璃窗前欣赏海和天的美景，一直待到嵌板关闭。这时，"诺第留斯号"到达了那堵高墙耸立的地方。我不知道它将如何行驶。当我回到房中的时候，它已经停住不动了。我躺下去睡觉，打算只睡几个小时就起来。

但第二天醒来的时候，我到客厅中一看，时钟已经指向8点了。我听到平台上有脚步声，知道船正在海面上行驶。我也想到平台上去呼吸新鲜空气。但走上平台后却让我大吃一惊——海面上一片漆黑，不是我想象中的大白天！我们是在哪儿？是我搞错时间了吗？我正百般疑惑时，突然听到有人对我说话："教授，是您吗？"

"啊，是，尼摩船长，"我回答说，"我们这是在哪儿？"

"在地下呢，教授。"

"这怎么可能呢？'诺第留斯号'不是在水面上行驶吗？"

"它的确是在水面上行驶，一会儿等探照灯亮起来的时候，您就明白了。"

我走上平台。黑暗笼罩着我，连尼摩船长的影子也看不见。但就在我的头上方，我隐约分辨出一种洞穴中的微光。正在这时，探照灯突然亮了。我略略定神之后，才发现"诺第留斯号"停在一个巨大岩洞的湖泊之中。湖泊呈圆形，岩洞就像一个倒放的漏斗，只有顶上有一个极小的出口，但绝不可能让人通行。

尼摩船长告诉我，这是他在无意中才发现的天然港口，它比大陆或海岛海岸的任何一个港口都更为安全、更为隐秘。然而，"诺第留斯号"并不需要这样一个港口，这里仅是它取得制钠原料的矿藏地。矿藏就在海水下面，是取之不尽的原煤，由地质时期就埋入沙土的无数森林形成。但是，我看不到船员们的挖煤工作，因为这一次仅仅是来取一些储藏的钠而已，一天之后"诺第留斯号"就要继续前行。但尼摩船长应允我，我可以利用这一天的时间参观一下这里的岩洞和湖泊。

我谢了船长,立刻去找我的两个同伴。我们一起走上平台,康塞尔本来就对什么都不在乎,他两眼看看四周,似乎觉得在水下睡过一觉,醒来后在山底下,这再自然不过了。奈德兰则只关心一件事:这个岩洞是不是有出口。

"我们终于再次登陆了。"康塞尔说。

"我不想称这为'陆地',"加拿大人说,"而且我们不是在上,而是在下。"

在崖壁和湖水之间是一条沙岸,最宽处有500英尺。沿着沙岸绕湖一圈很容易。但贴着山崖一边,地势崎岖不平,加上脚下是长石和石英晶体形成的玻璃质的岩石,很容易滑倒。

"你们能否想象一下,"我问他们,"当这个大漏斗里面充满沸腾的熔岩,这种炽热的岩石液体一直升高,直到从山顶的孔洞中喷涌出来,就像炼铁炉中的铁水一样,这会是一种什么样子?"

"我完全想象得到那种样子,"康塞尔回答,"不过先生可否告诉我,为什么那位伟大的化铁匠停止工作,火热的熔炉被静静的湖水取而代之?"

"康塞尔,很可能是大洋底下地形的变化,形成了'诺第留斯号'现在航行的通道。大西洋的海水于是涌进火山内部来了。水火两大元素激烈较量,最后海洋获胜。此后又过了不知多少世纪,沉没在水中的火山转变为宁静的岩洞。"

"很好,"奈德兰发表意见,"我接受这种解释。只是,从我们的利益考虑,我对教授说的通道开口不在海平面上感到可惜。"

"不过,奈德兰朋友,"康塞尔马上接口,"假若这开口不在地下,'诺第留斯号'也就进不来了!"

我们继续前进,路愈来愈窄。有时,很深的空洞把路径切断,逼得我们跳过去;或者大石悬空挡道,我们只好绕行。幸亏康塞尔灵巧,而加拿大人有的是力气,一切障碍都被克服了。

在大约 250 英尺高处,我们再也无法上去,前面有无法逾越的障碍。在山腰的这一面,植物界开始与矿物界争斗。从崖壁的凹凸处,顽强地伸出一些小树枝甚至浓叶大树。此外,我发现一种草,样子很可怜,褪了色的花瓣,无精打采地下垂,香味也快散失光了。它的名称叫向日花,但阳光照不到它,真是名不副实。还有野菊和芦荟之类的花草东一簇西一簇地散布着,病恹恹的,都长不好。倒是在熔岩流形成的夹缝之间,长着细小的紫罗兰,凑近一闻,幽幽的香气沁人心脾。香是花之魂,海中的花,虽然开得漂亮却是没有灵魂的!

我们来到一簇坚强的龙血树边,见它生长旺盛,形成灌木丛。这时候,奈德兰叫喊起来:"嘿!先生快看,一个蜂窝!"

"蜂窝?"我回答,同时打一个表示不相信的手势。

"说得不错!一个蜂窝,"加拿大人又说一遍,"许多蜂在飞舞呢。"

我快步上前,这才发现加拿大人所说的完全是事实。在龙血树树干中有一个孔穴,数以千计的蜜蜂在四周忙忙碌碌地进进出出。这种现象在加那利群岛很常见,该地所产的蜜被视为美食。

很自然加拿大人要采蜜,我当然不好阻止他,否则就不通人情了。他把一些干草加一些硫黄混在一起揉成团儿,用打火石点燃,用烟熏蜂群。不一会儿工夫,蜜蜂飞舞的嗡嗡声没有了,香甜的蜜从蜂窝中挖出,足有好几千克呢!奈德兰把蜜放进背囊装好,对我们说:"我要用面包果酱加蜂蜜做蛋糕,到时请你们品尝。"

"好极了!"康塞尔说,"肯定又香又甜!"

"还是先收起又香又甜的面包,"我建议道,"赶路要紧,让我们抓紧完成这趟有趣的旅行。"

在某处拐个弯后,火山湖的全貌出现在我们跟前。湖面在探照灯的照耀下,十分宁静,一丝波纹都没有。"诺第留斯号"停在那里,在船的平台和湖岸之间有人影闪动,一派忙碌的景象,那是船员们在紧张工作。

我们已经来到突出的岩石上,正是这些岩石托起圆顶洞孔。一些鹞鹰从筑在岩缝里的巢中飞出,鸣声刺耳,不断盘旋飞舞。又肥壮又美丽的大鸨在岩坡间疾走,这种美味猎物使加拿大人心里痒痒的,对没有带枪后悔不迭。奈德兰捡起石头当子弹使,投了多次都不成功。但他不气馁,最后居然真的打中了一只大鸨。费了好大的劲儿,奈德兰总算把这只大鸨抓到手了,塞进背囊,与蜂蜜放在一起。现在,在我们的上方,火山口像一个巨大的井口展现出来。一团乱云在西风的吹送下,带到这一带的峰峦,形成片状或丝状的细雾。这就充分证明云层不是很高,因为火山顶离海面不过800英尺。

30分钟后,我们回到了湖岸边,岸边铺满了花草,各种甲壳动物穿行其间。走着走着,眼前忽然现出一个高大的岩洞。我们很高兴地钻进去,在洞中的细沙上躺下来休息。我们都很疲乏，聊了一阵后，便昏沉沉地入睡了。

不知过了多久，我突然被康塞尔的喊叫声惊醒。原来涨潮了，海水朝岩洞里冲来。我们赶忙起身逃跑，几分钟后就到了岩洞上的安全地带。很幸运我们只是湿了衣服，没有发生更严重的事情。

45分钟后，我们结束了环湖散步，回到了船上。这时候船上的人员已经把钠装载完毕，"诺第留斯号"又可以起航了，但是尼摩船长却没有发出离开的指令。难道他要等到夜间，秘密地从水下通道里出去吗？也许是吧。

无论如何，"诺第留斯号"在第二天离开了它的港口，又开始在辽阔的远离任何大陆的大西洋里、在海面下几码深的水层里航行了。

二十六、恶战抹香鲸

3月14日这一天,康塞尔和奈德兰到我房中来找我,加拿大人问我:"先生,我有一个问题想问您。"

"您说吧,奈德兰。"

"'诺第留斯号'船上一共有多少人?"

"我说不上来,我的朋友。"我苦笑了一下,"这个问题你可以去问尼摩船长。"

"我觉得,"奈德兰立即说,"这艘船的驾驶并不需要很多人员。"

"是的,"我回答,"在目前的情况中,至多十个人就足以驾驶了。"

"那么,"加拿大人说,"为什么可能有这么多的人呢?"

"为什么?"我疑惑地盯着奈德兰,说实在的,我不太明白他的话是什么意思。

"因为,"加拿大人振振有词地说,"据我所知,'诺第留斯号'不仅仅是一艘船。跟它的船长一样,它对于与陆地断绝了所有关系的人来说，又是一个躲藏处。"

"可能是这样，"康塞尔说，"不过'诺第留斯号'只能收容一定数目的人，先生可以估计一下它的最大数目吗？"

"康塞尔，这怎么估算呢？"我哭笑不得地说。

"就是用算法来估计啊。"康塞尔说，"根据先生所知道的这艘船的容积，就知道它含有多少空气；另一方面又知道每个人的呼吸作用所消耗的空气，将这些结果跟'诺第留斯号'每24小时必须浮上水面来调换空气相比较……"

康塞尔没有把话说完，但我很明白他指的是什么。

"我明白你的意思，"我说，"并且这种计算也很容易做到，然而那只是一个很不确切的数字。"

"那也没关系。"

"好吧，下面就是对于这个问题的算法，"我长长地吐了一口气，回答道，"每个人每小时消耗100升空气中含有的氧，24小时就消耗2400升空气。这样就可以求出'诺第留斯号'含有多少倍的2400升空气来。"

"正是。"康塞尔说。

"'诺第留斯号'的容积是1500吨，1吨的容积是1000升，所以，船内有150万升的空气，拿2400来除……"我很快算出，"所得的商数是625。这就是说'诺第留斯号'所有的空气可以供625人在24小时之内呼吸之用。"

"625人！"奈德兰说。

"您要知道，"我又说，"乘客、水手、职员都算上，我们还不及这数字的1/10。"

"这对于我们三个人来说是难以应付的！"康塞尔低声说，"可怜的奈德兰，所以我只能劝您忍耐了。"

"我们总不能听天由命吧！"奈德兰叹了一口气。

我又说："尼摩船长也不可能老是往南走！他总会停下来的，那时候，我们就有机可乘了。"

加拿大人摇摇头，一声不响地走开了。

11点左右，"诺第留斯号"在大洋面上，航行在成群的鲸鱼中间。

我们坐在平台上，海上风平浪静。这个纬度地区正值秋季。忽然，我们看见东方天边有一条鲸鱼，灰黑色的脊背在距离"诺第留斯号"5海里的海面上不停地浮起来、沉下去。

"啊！"奈德兰喊道，"如果我现在是在一艘捕鲸船上，正在捕杀这条鲸鱼该是一件多么惬意的事情啊！那是一条巨大的鲸鱼！有力的鼻孔将混有气体的水柱喷得老高！真可恨！我要是不被囚禁在这钢板里就好了！"

"怎么，您还没有打消您那打鲸鱼的老念头吗？"我问。

"先生，打鲸鱼的人能够忘记他从前的手艺吗？他怎能厌倦这种捕捉所带来的乐趣呢？"

"奈德兰，您从没有在这一带海中打过鲸鱼吗？"

"从没有，先生。我只在北极海中打鲸鱼，就在白令海峡和台维斯海峡一带。"

"那么，你对南极的鲸鱼还比较陌生。您以前捕捉的都是平常的白鲸，它并不敢冒险通过赤热海水。"

"啊！教授，您是在开玩笑吧？"加拿大人用相当怀疑的口气回答,"我说的是事实啊。两年半以前,我在北纬 65 度、格陵兰岛附近捕获了一条鲸鱼,它身上还带着一艘白令海峡船所刺中的鱼叉。现在我要问您,鲸鱼在美洲西边被刺中了,如果它没有绕合恩角或通过赤道,它哪能死在美洲东边呢?"

"据我所知鲸鱼类是有地方性的,按照种类的不同,它们定居在某处海中,并不离开。如果鲸鱼从白令海峡走到台维斯海峡,那很简单,因为这两个海洋间一定有一条相通的水路,或在美洲海岸边,或在亚洲海岸边。"

"要我们相信您的话吗?"加拿大人闭着一只眼睛问。

"我们要相信先生的话。"康塞尔插嘴道。

"那么,"加拿大人立即又说,"难道我没有在这一带海中打过鲸鱼,就不认得往来这一带的鲸鱼类吗?"说着,奈德兰又大喊起来,"看!看!它过来了!它向我们冲来了!它在挑逗我!它知道我拿它没办法!"他的脚乱跺,手使劲地挥动着,似乎正握着一支鱼叉。

"这里的鲸鱼类动物跟北极海中的一样大吗?"康塞尔问。

"差不多一样的。"我回答道。

"我看过的大鲸鱼,先生,是长到 100 英尺的大鲸鱼!我还知道,阿留申群岛的胡拉摩克岛和翁加里克岛的鲸鱼身长超过 150 英尺。"奈德兰说。

"这似乎有些夸张,"我回答,"这些东西不过是鲸科,有脊鳍的动物,抹香鲸也一样,通常比普通白鲸小一些。"

"啊!"加拿大人喊道,他的眼睛不离开海洋,"它游到近前来了,它到'诺第留斯号'跟前了。但毫无办法,在这里脚和手都像绑起来了一样！"

"奈德兰朋友，"康塞尔说，"您为什么不要求尼摩船长准许您去追打呢？……"

康塞尔的话还没有说完，奈德兰已经从打开的嵌板溜进去，跑去找船长。一会儿，两人都去平台上了。尼摩船长看一下这群鲸鱼类动物，它们在距'诺第留斯号'1海里的海面上游来游去。他说："那是南极的鲸鱼。它们可以使一整队捕鲸船都发财呢！"

"那么，先生，"加拿大人问，"为了不忘老本行，我是否可以捕杀它们？"

"仅仅为消灭它们而追打，有什么好处！"尼摩船长回答，"我们船上要这么多鲸鱼又没用。"

"可是，先生，"加拿大人又说，"在红海中，您却准许我们追打海马！"

"那时是要给我们的船员们获得新鲜的肉，所以才那样做。现在是为杀害而杀害罢了。我知道这是人类的特权，随便伤害生命，不过我不允许做这类残害生命的消遣。毁灭这些善良无害的鲸鱼，像普通白鲸一般，奈德兰师傅，您的同行的所作所为应受到谴责，他们就是这样将整个巴芬湾都弄得没有一条鲸鱼。不要为难这些无辜的鲸鱼类动物吧。就是你们不参加进去，它们已经有不少的天敌，比方，狗鲨鱼和锯鲛之类。"

当尼摩船长谈这些大道理的时候，大家很容易想到加拿大人的感受。奈德兰看了一下尼摩船长，很显然是不了解船长跟他说的话。可是，尼摩船长的话是对的，如果这样继续下去，打鱼人的野蛮屠杀总有一天要把大洋中的最后一条鲸鱼都消灭。

奈德兰嘴里哼着小曲，两手塞进口袋里，转过脸，不理睬我们。可是尼摩船长看着那一群鲸鱼，对我说："我说的是对的，不算人类，鲸鱼已有不少的天然敌人。这一群鲸鱼不久就要跟强大的敌人碰头了。阿龙纳斯先生，您看见下边6海里海中那些正在游动的灰黑点了吗？"

"看见了，船长。"我回答。

"那是抹香鲸，很可怕的动物，有时我碰到两三百成群的队伍！这种动物是残酷有害的东西，消灭它们是对的。"

加拿大人听到最后一句话，急忙回过身子来。

"那么，船长，"我疑惑地说，"你是不是想让我们与这抹香鲸战斗？"

"用不着去冒险，教授，'诺第留斯号'就足以驱散那些抹香鲸了。它装有钢质冲角，我想，它的厉害相当于奈德兰师傅的鱼叉。"

加拿大人一点儿不客气地耸一耸两肩："用船冲角攻打鲸鱼？真是闻所未闻！"

"请等待一下，阿龙纳斯先生，"尼摩船长说，"我们要让您看一次您还没有看见过的追打。这些凶恶的鲸科动物，一点儿也用不着怜悯。"这种动物的身躯有时超过25米。巨大的脑袋约占身长的1/3。它们的武装比长须鲸还强大，长须鲸的上颚只有一串鲸须，抹香鲸就有25个粗牙，牙长20厘米，牙尖为圆形和圆锥形，每个牙重2千克。

我们预先就可以看出抹香鲸将取得胜利，不单因为它的对手驯良,便于攻击,更在于它们可以久留水下,不到水面呼吸。

现在正好是去援救这些长须鲸的时候了。"诺第留斯号"在海里行驶着,康塞尔、奈德兰和我坐在客厅的玻璃窗户前面。尼摩船长到领航人那边去了。不久,我觉得推进器骤然加速转动,船速立即加快了。当"诺第留斯号"赶到的时候,抹香鲸和长须鲸已经开始战斗了。

"诺第留斯号"的目的是要把这大头怪物拦住。最初,这些怪物看见这只新奇东西参加战斗,并不激动,跟平常一样,但不久就不得不防备它的攻击了。

好一场恶斗!就是奈德兰,不久也兴高采烈起来,终于大拍其掌。"诺第留斯号"变为一支厉害的鱼叉,由船长的手来挥动,投向那些肉团,一直穿过去;穿过之后,留下那怪物的两半片蠕动的身躯。好一场恶斗!水面上是何等热闹!这些被吓怕的动物发出尖锐的叫啸,水层原本是平静的,现在被抹香鲸搅得波涛汹涌。

这种史诗式的屠杀一直延续了1小时,那些大头怪物是不可能躲开的,有好几次,抹香鲸想联手用它们的重量来压"诺第留斯号",透过玻璃,我们看到它们排列着牙齿的大嘴和可怕的眼睛。我们觉得它们抓住我们的船,就像在短树丛下狗咬住小猪的耳朵一般,死也不放。但"诺第留斯号"催动它的推进器,拖拉它们,时而把它们带到海水上层来,时而又拖到深水中,不顾它们巨大的重量,不管它们强大的压力。

最后,这一群抹香鲸四散了,海水又变为平静了。我们又浮上海面来。嵌板打开,我们立即跑上平台去。

海上浮满了稀烂的尸体。就是一次猛烈的爆炸恐怕也不可能更厉害地把这些巨大的肥肉团分开、撕破、碎裂。好几海里的海水都被染成红色,"诺第留斯号"浮在血海的中间。尼摩船长也来到我们所在的平台上。他说:"奈德兰师傅,怎样?"

"先生,"加拿大人回答,他这时静下来了,"不错,那是厉害得怕人的景象。不过我不是屠夫,我是打鱼人,这景象不过是一次大屠杀罢了。"

"这是一次对有害动物的屠杀,"尼摩船长回答,"'诺第留斯号'并不是一把屠刀。"

"我还是喜欢我的鱼叉。"加拿大人立即说。

"各人有各人的武器。"船长回答,同时双眼盯着奈德兰。

我很害怕奈德兰不能克制自己,乱发脾气,甚至莽撞行事,那会带来不良的后果。但他看到了"诺第留斯号"这时正要靠近一条长须鲸,他的愤怒转移过去了。

这条长须鲸没能逃避抹香鲸的牙齿,我认得它是扁头的,完全是黑色的南极鲸鱼。就解剖看,它跟普通白鲸和北嘉皮岛的鲸鱼不同之处,在于它颈部的 7 根脊骨是接合起来的,它比北方同类多 2 根肋骨。这条不幸的鲸鱼侧面躺下,肚子上满是咬破的伤口,已经重伤致死了。在它受伤的鳍尖上,挂着一条它不能救护的小鲸。它张开的嘴流出水来,水像回潮一般,通过它的须,潺潺作响。

尼摩船长把"诺第留斯号"开到这条鲸鱼的尸体旁边。船上的两个人员走到鲸鱼身上,他们把鲸鱼藏的奶都取出来,分量一共有两三吨。船长把一杯还带热气的鲸奶送给我,我向他表示我不喜欢喝这种饮料。他向我保证这奶的味道很好,跟牛奶一点儿也没有什么不同。尝了鲸奶,我的意见跟他的一样,所以这奶对我们来说是很有用的,可以保藏的食品,因为鲸奶可以制成咸黄油或奶酪,在我们日常食品中是很好吃的一种。

自这一天起,我心中很不安地看出,奈德兰对于尼摩船长的态度愈来愈坏了,我决心要密切注意加拿大人的行动。

二十七、冰的囚牢

战胜鲸群后,"诺第留斯号"再次向南航行了,它沿着西经50度方向高速前进。尼摩船长想抵达南极?我不这样以为。但他的举动又是什么意思呢?如果去南极,现在这个季节也太迟了,因为3月13日在南极地区相当于北半球的9月13日。两地区之间正好相差半年。

3月14日,在南纬55度,我看见了浮冰,不过都是20—25英尺长的小块冰,好像一块块礁石,任由海浪拍打着。至于奈德兰,因为他在北极地区已捕过鱼,那应该对眼前的景象很熟悉,但我和康塞尔则还是第一次欣赏到这种景色。我们都没到过极地。天空中有一道光带在南边的地平线上,英国捕鲸手们称其为"冰眩",不管有多少云总能看得见,那是冰层的反射。这种现象在这儿是再寻常不过的了。

我们很快便看见了真正的冰山,冰山美丽无比,随着云雾的变化而变化,有的带绿色纹路,就好像硫酸铜在上面刻下的纹路;有的像巨大的透明晶体,成千上万个层面反射着太阳光。

实际上，冰块要比看到的体积大上10倍。

"诺第留斯号"继续向南航行，这样的冰山越来越多、越来越大。极地成千上万的鸟栖息在冰山上，我们简直要被海鹦的叫声吵聋。它们还有的把"诺第留斯号"当成鲸鱼的尸体，飞落下来用嘴使劲地啄钢板。我大饱眼福。

我们在冰山中航行的这段时间里，尼摩船长长时间都在甲板上，仔细观察这些空旷的海域。

我们在3月15日经过了南设得兰群岛和南奥光尼群岛。船长告诉我，这些岛上原来栖息着大量的海豹，可是英国人和美国捕鲸手们疯狂猎杀，现在这里死一般的沉寂。

3月16日早上8时，"诺第留斯号"沿着55度经线，通过了南极圈。在这里我们看不见海平线，完全被冰包围着。可尼摩船长还是从一个通道转向另一个通道，一直向南行驶。

"你估计船长会去哪里？"我问我的朋友们。

"不清楚，"康塞尔答道，"不过当他不能再向前行进时终究会停下来的，或者转向别的方向。"

说实话，在"诺第留斯号"上的这些时间，我学了好多东西，开始喜欢这样的冒险了，我无法形容这个新地区的美丽。冰山形状雄伟，使这儿像有着无数清真寺和庙宇的东方城市，远处传来像被地震毁坏的冰山崩裂声、倒塌声和碰撞声，不绝于耳。

"诺第留斯号"如果这时正好在水下航行，那么声音会传到水下。而且这些巨冰的倒塌会形成回流，一直到海水的深处都能感觉到，"诺第留斯号"便像一艘普通船一样上下翻动。我总觉得无路可走，并认为将要被困住。可尼摩船长凭自己的感觉总能找到小小的口子,并将我们带进新的通道。他从不会看错流经冰地的细小的蓝色水流,因而我敢肯定他曾在南极水域航行过,不然他不会如此熟悉地形。

3月16日,我们的路终于被冰堵死了。然而我们现在还只到了因寒冷而冻结起来的冰地,还没有抵达大冰障。尽管这样,尼摩船长并没有被阻止,"诺第留斯号"在他的驾驶下开足了马力猛撞冰地,像一只楔子打进了冰地。冰地裂开了,发出可怕的嘎嘎声,就像是在使用古时攻城用的撞墙锤,被撞碎的冰块高高地冲上天空,然后像冰雹一样落在我们周围。"诺第留斯号"靠强大的动力为自己开凿出了一条路,它有时会冲出冰面把冰面压裂,有时又会钻到水底下,从下面撞开一条口子。

在这里,我们经受了猛烈的暴风雪的袭击。厚厚的雾在冰面上浮起,我们在平台上的一头根本看不到另一头,大风随时会从任何一个地方刮起来,雪在船板上厚厚地积着,硬得要用斧子砍。"诺第留斯号"被冰厚厚地包裹着,外面的温度很低,所有的滑槽都结了冰。我感觉只有"诺第留斯号"这样不用风帆而靠动力的船才能冒险进入这个纬度的地区。其他的船只,根本就没希望靠近。这里的气压很低,而且指南针也很难再显示出准确的方向——它的磁针在我们接近磁极时向各个方向乱动。有的地理学家认为,磁极在西经130度、南纬70度,而又有学者声称,磁极在西经135度、南纬70度30分。因此,我们必须在船上不同的部位测出许多个读数,然后确定位置,但我们常常只能凭猜测在航海图上标出我们的位置。

3月18日,"诺第留斯号"完全被封住了,这不再是一股股的冰流，而是没有尽头的纹丝不动的冰障。我们该如何通过这些冰障呢？我明白，对奈德兰和所有其他的船员来说这是不可逾越的障碍。中午时分，太阳出来了一会儿，尼摩船长准确测定出我们的位置是西经51度30分、南纬67度39分，我们已深入南极"腹地"了。尼摩船长肯定有办法的，不然，他不会这样做。我们的面前再也看不见任何水，在"诺第留斯号"船头处，伸展着一个广阔的冰原，到处是细细尖尖的冰针，这些冰针直入空中200英尺高，这里所有的东西，甚至声音都被冻住了。难道，是我对尼摩船长抱太多的希望了？

"诺第留斯号"在这块冰地上被迫停了下来。

"先生，"奈德兰说，"如果尼摩船长还要往前……"

"什么，奈德兰？"

"要是尼摩船长能继续往前，那么他就是一个超人。"

"为什么，奈德兰？"

"因为没有人能够通过大冰障，即使尼摩船长是个了不起的人，他也不能胜过大自然，不管你是否承认，大自然叫你停下来你就得停下来。"

"对的，奈德兰，不过我很想知道冰山后面是什么呢！面前一道围墙，使我很难受！"

"先生说得对，"康塞尔说，"围墙的发现，只是为激怒学者们的。无论什么地方都不应该有围墙。"

"对！"加拿大人说，"在这座冰山后面，人们早已知道有些什么东西了。"

"是什么呢？"我问。

"是冰。永远是冰！"

"奈德兰，我尊重你的看法。"我回答，"但是，我可不敢肯定。所以我要去看看。"

"教授，我建议你放弃这个想法。"加拿大人说，"您到了冰山，已经够了，您不能再前进，您的尼摩船长和他的'诺第留斯号'也不能再前进。不管他愿意不愿意，我们是要回过来往北走了，就是说，回到有人居住的地方。"

尽管有点儿不甘心，我也承认奈德兰是正确的，因为这冰障实在是太厚了。不管"诺第留斯号"如何努力，依然纹丝不动。然而，情况比想象的更加严重，因为平时如果无法前进，我们可以倒回去，但现在，后退跟前进一样不可能，因为水路在我们走过后就封闭了——只要我们的船略微停一下不动，它就立刻被冰挡住，寸步都不能移动。现在，新的冰层以惊人的速度在船两边冻结起来。我现在要承认，尼摩船长是太轻率、太不谨慎了。

我来到平台上，尼摩船长已经在那里观察形势有一些时候了，他一脸严肃，突然对我说："教授，您怎么看？"

"我想，船长，我们是被困住了。"

"被困住了！您这话怎么说？"

"我是说，我们不能前进，不能后退，不能向任何一个方向行动，我想，这就叫作'被困住了'，至少对于居住在陆地上的人来说是这样。"我小心地措辞，生怕惹尼摩船长不高兴。

"阿龙纳斯先生，您就是这样想的，'诺第留斯号'不可能脱身吗？"

"很不容易,船长,因为季节已经相当晚。解冻,我们是不能指望的了。"

"啊!教授,"尼摩船长带着讥讽的语气回答,"您老是这一套!您只看见困难和障碍!我现在向您肯定说,不仅'诺第留斯号'可以脱身,而且它还要前进!"

"再向南方前进吗?"我眼盯着船长问。

"对,先生,它要到南极去。"

"到南极去!"我喊道,同时禁不住表示我的怀疑。

"是的!"船长冷冷地回答,"到南极去,到地球上所有的经线相交的、以前没有人到过的那一点去。您知道我可以使'诺第留斯号'做我想要做的事。"

"尼摩船长,您是不是已经发现了那从没有人类足迹的南极?"

"没有,先生,"他回答我,"我们现在一起去发现。别人失败的地方,我决不能失败。我从没有把'诺第留斯号'开到这么远的南极海上来;但我再跟您说,它还要往前进。"

"我愿意相信您,船长,"我嘴上这么说,其实一点儿都不相信他,认为他说的这番话只是在掩盖他的失败,所以语气中就带上了讥讽,"我相信您!我们前进!对我们来说是没有什么障碍的!冲开这座冰山!我们把它炸破;如果它反抗,我们就给'诺第留斯号'安上翅膀,从上面飞过去!"

"教授,从上面过去吗?"尼摩船长安静地回答,"不是从上面过去,是从下面过去。"

"从下面过去!"我喊道。船长的计划突然给了我启示,也让我知道了尼摩船长确实不是虚张声势，而是胸有成竹。我明白了，"诺第留斯号"的神奇本质又在这一次的超人事业中为他服务，成全了他。

"我想我们开始相互理解了，教授，"船长微笑着说，"你已经知道我们该怎样造访南极，或者说是成功之处，我更乐意这样想。一般的船不能做的事对'诺第留斯号'来说很容易。如果南极有一块大陆，那我们就不得不停止了；但如果相反，只是开阔的海洋，我们将直驶南极，永不退缩！"

我顺着船长的话说道："虽然海面是冻结的，深处的水域肯定是自由的，水下还有我们很大的活动空间。"

"不错，教授，因为每1英尺的冰山浮在水上面，那在水下的部分就有3英尺。既然这些冰山的高度都不超过300英尺，那么，在水下的部分就不会超过900英尺，而900英尺对'诺第留斯号'又算什么呢？"

（编者注：因为冰的密度是水的9/10，所以冰块放在水中后，有9/10的体积在水下。不过考虑到自然界中冰山的形状，差不多是每1米的冰山浮在水上面，那在水下的部分就有3米。）

我此时才感到，从水下通往南极已不是梦想。尼摩船长接着说："再往深处我们甚至可以发现这片海的水温与所有的大洋的水温是一样的，在那里，我们可以避开海面上的低温。"

"绝对正确，船长。"我越来越激动地说。

"但是，我们的确有一个困难，"尼摩船长说，就是要在水下待上好几天不能换空气。"

"对我们来说，这不会成为困难吧。"我反驳道，"'诺第留斯号'有巨大的储备舱,可装满空气以供应我们需要的氧气。"

"想得好,教授,"船长笑着回答,"但我想先提出我的异议,不想让你再次责备我的鲁莽。"

"什么?"

"我想,如果南极有水,那很可能被整个冰层封了,那么我们也就不会再浮到海面上来了!"

"但船长,你忘记了,'诺第留斯号'有一个坚硬的船角可以从冰下向上将冰打破。它无物不可摧。"

"对,教授,今天你满脑子主意!"他对我的回答非常满意。

"但是船长,我还有疑虑,为什么南极会没有开阔的水域而北极却有呢?除非我们找到相反的证据,否则,我们应该设想这两极既会有陆地也会有开阔的海域。"

"我也这样想过,教授,"尼摩船长回答道,"让我强调一点,那就是给我的计划提了这么多的异议后,你现在又讲了许多赞同的话。你会给我的航行带来好运的。"

这时我才感觉到,我变得比船长还要大胆,我正在说服他去极地!我是倡导者,不,我还得承认,我并不能和船长平起平坐,尼摩船长对这个问题比我想得多,他是在用这种方法收买人心呢!

船长最终也这样做了,他给了一个信号后,大副就出现了,两个人用我听不懂的语言迅速交谈着,要么是大副事前已被告知,要么他认为这件事有道理,因此,他一点儿也不惊奇。

"诺第留斯号"开始为这次大胆的尝试做准备了。强劲的气泵将空气压进了储备舱,并将其储存在高压下。尼摩船长声明:

4点,通往平台的升降口将关闭。我看了厚厚的大冰障最后一眼,天空晴朗无云,空气纯净而寒冷,但现在风减弱了。这个时刻,我们快要到另外一个世界去了。10多个船员走到"诺第留斯号"两旁,他们拿着尖镐,凿开船身周围的冰,船身不久就松开。这种工作很迅速地做好,因为新结的冰还是相当薄。我们全体回到船中,通常使用的储水池装满了浮标线周围的自由海水,"诺第留斯号"不久就要潜下去。

第二天,3月19日,早晨5点的时候,电力测程器给我指出,"诺第留斯号"的速度慢了一些。这时,它是很小心的,慢慢排出储水池中的水,往水面上升。

我的心在跳动,我们是要浮起来,找到南极的自由空气吗?不,一次冲击,从发出的不爽朗的声音来判断,"诺第留斯号"碰上了冰山的下层冰面,这冰面还是很厚。的确,用航海的语言来说,我们是"撞上了",不过现在是方向倒转过来,在3000英尺的深处"撞上了"。这就是,在我们头上有4000英尺的冰层(有1000英尺是浮出在水面)。这里冰层的高度,超过我们在它岸边所记录的高度,情形有些使人不安。在这一天内,"诺第留斯号"做了好几次试验,它总是碰到盖在它上面的天花板一样的冰墙。有时候,它在900米的地方碰到了,那就是冰山有1200米厚,跟"诺第留斯号"潜入水底的时候相比,冰山的高度现在是增加了一倍。我小心地记下这些不同的深度,这样,我就获得了在海水下面的这条冰山山脉的面貌。

晚上,我们所遇到的情况没有发现什么变化。在400—500米深度老是有冰,冰显然是减少了,但在船和洋面之间,冰层还厚得很哪！时间是晚8点。按照每天的习惯，"诺第留斯号"内部空气早在4小时以前就应该换了。不过，虽然尼摩船长没有要储备舱放出一些补充的氧气来，但我并不觉得怎样难过。这一夜我的睡眠很不好，希望和恐惧轮流地在我心中转来转去，我起来好几次，"诺第留斯号"探索性地上升仍然继续进行。早晨3点左右，我们所到达的冰山下层冰面只有50米的深度。这时把我们和水面隔开的只是150英尺的冰层，大浮冰渐渐变成冰田了，冰山又变成冰原了。

我的两眼不离开压力表，总是盯着它。我们沿对角线，向电光下闪闪发亮的光芒冰面上升。冰山像蜿蜒伸长的栏杆，它一海里一海里地变薄了。最后，3月19日那天，早晨6点，客厅门打开，尼摩船长进来对我说："到自由通行的海了！"

二十八、南极奇观

我飞跑到平台上去。

是的!自由通行的海。近边只有一些散乱的冰块和浮动的冰层,远方一片大海,空中是群鸟世界,水底下有千万种鱼,水的颜色随深浅的不同,从深浓的靛蓝变到橄榄的青绿。温度表指着3℃。

"我们是在南极吗?"我问尼摩船长,同时心跳动不止。

"我不知道,"他回答我,"中午我们来测量方位。"

"可是,太阳能穿过这些云雾出现吗?"我眼看着灰色的天空说。

"只要露出一点儿就够了。"船长回答。

"诺第留斯号"南方2海里,有一座孤立的小岛浮出,高约200米。我们向小岛走去,很小心,因为这海中可能到处是暗礁。一小时后,我们到达小岛;又过两小时,我们就绕了小岛一周。它一圈4—5海里长,一条狭窄的水道把它跟一片广大的陆地分开;或者这是一个大洲,我们还不能望见它的界限。这片陆地的存在好像证明美国学者莫利的假设是对的。

的确，这位学者指出，在南极和纬度60度中间，海上是浮动的冰群。根据这个事实，他得出这个结论，南极圈中藏有大片的陆地，因为冰山不能在大海中间形成，只能在近陆地的边岸存在。按照他的计算，遮覆南极的冰群形成一个球形的圆盖，这个巨型冰盖的直径甚至达到了4000千米。

可是，"诺第留斯号"怕搁浅，停在相距6米左右的滩前，有一片雄壮的岩石层高耸在滩上。小艇放到海中去，船长、带着各种器械的两个船员、康塞尔和我，我们一起上小艇去，时间是早晨10点。我没有看见奈德兰，这个时不时闹脾气的加拿大人一定不愿意承认南极是在他面前。桨划了几下，小艇就到了沙滩上，搁浅下来。康塞尔正要下小艇的时候，我把他拉住了。

"船长，第一个踏上这片陆地的特权应属于你。"我对尼摩船长说。

"是的，我会毫不犹豫地踏上南极沙滩，到目前为止，还没有人来过这里。"尼摩船长说。

尼摩船长轻轻地跳上沙滩，可以看出，他的心跳得很快。他爬上一块大岩石，展开双臂，眼睛闪亮，默默站立着一动不动，好像他拥有了南极地区。就这样站了5分钟后，船长对我们说："你们都过来吧，先生们，这儿很安全。"

那两个船员留在小艇上，而康塞尔和我跳了下来。

这里的陆地都是红色的火山熔岩，看上去好像是用红泥砖砌成的，上面还覆盖着一些坚硬的熔岩和石屑，这里无疑是火山的源头。我敢肯定，因为有的地方的小孔还在散发着硫黄气味，表明这里的地下还积聚着一定的能量；然而攀上一个斜坡后，我们在几英里之内没看见任何火山。

可人们都知道，在南极地区东经 167 度、南纬 77 度的地方，詹姆斯·罗斯曾发现了两座活火山，它们分别是埃里伯斯火山和特罗尔火山，它们都曾活动过。

植物在这个荒凉的陆地上非常稀少，只有一些地衣长在黑色的岩石上，海岸上到处是贝壳类动物，有小贝、帽贝、心形贝等，特别是那些长方形的、头部长着两个圆耳的膜状触须贝。我们还看到了许多 1 英寸长的北极触须贝，鲸鱼总是一张口就能吞下成百上千个；这个奇特的翼足类动物是海中的蝴蝶，给海边带来生机。在深水处我又看见了其他一些植物形动物，却没发现珊瑚的遗迹。我又看到了一些属于海胞类的小海鸡冠、大量的海盘车和这个地方特有的海星。然而，天空中的生命特征才真正是丰富的。成百上千的鸟儿欢叫着，从我们的头顶上掠过，各种鸟儿的叫声汇合在一起，简直震耳欲聋。还有的鸟停落在岩石上，我们抬脚从它们头上跨过，可它们一点儿也不惧怕，只是看着我们过去。企鹅在水中行动灵敏，人们有时会把它们错当成金枪鱼；然而它们在陆地上行动迟缓，成群结队地聚在一起，发出很大的吵闹声。

在这片神奇的大陆上，还有其他一些涉水鸟类。比如有鸽子般大小的南极水鸟，羽毛是白色的，短喙，眼圈是红色的，这些鸟都是美味，因此，康塞尔扣了几只。在天空中翱翔的信天翁，翼展达 13 英尺；翼展呈拱状的弓形海燕，又叫海鹰，是一个大食客；还有一种看起来长相普通的海燕，这种鸟体内的油脂很厚,是南极所特有的。

我对康塞尔说:"在法鲁群岛,人们只要用一根棍子叉住一只这种鸟,就可以用火点燃,根本用不着火烧。"

"真遗憾,大自然怎么不将棍子长进它们的体内,那样它们就可以成为很完美的灯了。"康塞尔似乎心情大好,正发挥着他那奇妙的想象力。

再往前半英里,地上布满了鹅巢,是专门用作产卵的。巢里面有时会飞出一些叫声像驴叫的鸟儿。尼摩船长下令捕杀了好几百只,因为它们的肉质很好。这些动物任由你用石头砸死也不会逃跑,我们捡了个大便宜。

天空还是灰蒙蒙的,太阳到 11 点还没出来,这让我很担心,因为太阳不出来我们就无法测定位置,那样我们就不能知道我们是否真的到了南极。我走近尼摩船长,看见他正沉默地靠在一块岩石上朝天空观望着。他似乎很不耐烦,也很恼火,但他又能做什么呢?这个勇敢而又有智慧的人对付太阳远没有对付海洋那样有办法,我们只有等着太阳突破乌云的时候了。然而,太阳到中午还没露出半个身影,不知道它藏在哪一块云后面。正在这时,天空却下起雪来,我想,今天是绝对看不到太阳了。

我们只好在飘飞的雪花中又回到了"诺第留斯号"里。拖网在我们离开船时被放了下去,于是我充满兴趣地去看捕捞到了一些什么鱼。南极水域成了大量游鱼的避难所,当它们在这儿逃避其他水域的暴风雨时,只有海豚和海豹能够吃到它们。"诺第留斯号"没有停泊下来,而又沿着海岸向南行驶了 10 英里左右。3 月 20 日雪停了,但天气更冷了,温度计显示是 28 华氏度,云在移动,我多么希望这天我们能够测定我们所在的位置。因此,我建议再出去试一次。

尼摩船长却没有出来,只有我和康塞尔上了岸。这里的地质也是火山造成的,到处是熔岩和火山岩渣,但我仍没找到火山口。像前一个地方一样,成群的鸟儿在天空中飞翔,只不过这里多了大量的海洋哺乳动物,它们用一种温顺的眼光看着我们。还有各种海豹,它们有的躺在地上,有的躺在漂移的冰上,还有许多在海水中和陆地上上蹿下跳。因为它们从未见过人,所以当我们走近时它们并不逃走。我估计这里的动物足可以装满几百艘船,这里才是它们安全的乐园。

"真幸运,"康塞尔说,"奈德兰没和我们一起来!"

"为什么,康塞尔?"我问。

"他喜欢打猎,会把它们全杀死的。"

"那倒不会,这儿的动物太多了。不过我肯定我们的朋友会用鱼叉杀死几头大型动物,而这会使尼摩船长不高兴,他不喜欢无理由地杀死无辜的动物。"

"他是正确的,我也不希望杀死无辜。"

"不说这些了,康塞尔。但你告诉我是否已给这些两级海洋动物分了类。"

"先生知道,我对实地分类并不在行,如果你告诉我这些哺乳动物的名字……"

"它们是海豹和海象。"

"那属于鳍足目,"康塞尔马上答道,"真兽亚纲,哺乳纲,脊椎动物亚门,脊索动物门。"

"很好,康塞尔,"我说,"如果我没弄错,海豹和海象还可分几种,走吧,我们会看到的。"

此时是早上8点,我们在4小时后才能利用太阳测定位置,因而我们便向一个处在岸边花岗岩峭壁之间的一个开阔的海湾走去,去看看有没有更奇特的东西。

在这儿放眼望去,陆地和浮冰上到处是动物,大部分是海豹,成群结队的,雌雄各负其责,雌海豹哺育孩子,雄海豹照看家庭,那些快成年的小海豹在稍远一点儿的地方游荡着。这种动物利用身体的收缩来移动,依靠不发达的前肢笨拙地一跳一跳地来完成。但一到水中,它们就可以惬意地自由游动了,并且当它们在陆地上休息时,姿态非常优雅。因此古人认为它们的容貌温和,眼睛富有表情,是最美的女人都无法与之媲美的,于是便把雄海豹比作海神,而把雌海豹比作美人鱼。还有就是这些聪明的动物脑叶很发达,除了人类,没有哪种动物有那么大的脑容量,因而海豹很容易驯养,可进行某种特别的训练。我同意有的博物学家的看法,若驯养的方法得当,海豹可用作捕鱼工具,为人类服务。

海豹平常喜欢在岩石或地上睡大觉。确切地说,这些海豹没外耳,这与耳廓明显的海狮相比显然有很大不同。它们有几个变种。其中有一种身长10英尺,白色皮毛,头部像海狮,上下颚共有10颗牙齿,而其中2颗大虎牙形状像百合花。它们中掺杂着一些海象,这可是庞然大物,其身体长9英尺,在我们靠近时却一动不动。它们睡得很香甜,我想。

"它们不是危险伤人的动物吗?"康塞尔问我。

"不，"我回答，"除非人家要攻击它们。当一条海豹保卫它的子女的时候，它是愤怒得可怕，它把渔人的小船弄成碎片，并不是稀罕的事。"

"那是它的正当权利。"康塞尔立即说。

"我没有说不是呀。"我说着，继续往前走。差不多2海里后，我们就被保护港湾不受南风吹打的尖岬挡住了。尖岬靠海矗立，回潮打来，泡沫飞溅，岬外有隆隆的吼叫声发出。

"怎么，"康塞尔说，"是水牛的音乐会吗？"

"不，"我说，"是海马的音乐会。"

"它们在打架吗？"

"它们或者是在打架，或者是在玩耍。"我说。

"请先生原谅，我们应当去看一下。"

"是的，我们这就过去。"

于是，我们在意想不到的乱石间、被冰块弄得很滑溜的碎石上走着。那些灰黑的岩石地很滑，我不止一次地滑倒，弄得腰部酸疼。康塞尔，或者是因为他比较小心，或者是因为他比较结实，没有摔过。他把我扶起来，说："先生把两腿挪开一些，便能保持身体的平衡了。"

到了尖岬的高脊背上，我望见一片白色的广大平原，上面全是海马。这些海马正在成群玩耍，刚才听到的是它们快乐的声音，不是它们愤怒的号叫。

从这些新奇的动物旁边走过，我可以从容地观察它们，因为它们躺在那里不动。它们的表皮很厚，有很多皱纹，色调是类似赭红的茶褐色，皮毛很短，并且很少。有些海马个头很大，它们比北冰洋的海马安静、胆大,并且有特别选出来的哨兵来看守它们的营地,它们在营地四周戒备着,就像是人类哨兵。

考察了这所海马齐集的城市后,我就想回去了,时间是 11 点。如果尼摩船长觉得条件顺利,可以观察,那我要到他面前,看着他做。可是,我不敢奢望太阳会一下钻出来。

我想应当回到"诺第留斯号"里去了,就叫上康塞尔,我们沿着悬崖顶一条狭窄斜坡下去。11 点半,就回到了上陆地的地点,搁浅在那里的小艇正把船长送上地面来。我看见他站在一块玄武石上,正盯着北方天际,太阳在那边画出长长的曲线。

我站在他旁边,等候着,不说话。正午到了,跟昨天一样,太阳不出来,这真是没办法的事,观察又不能做。如果明天观察不能完成,那测定我们所在方位的事情,恐怕只好完全放弃了。

今天恰好是 3 月 20 日,明天 21 日是春分,太阳以后就要没入水平线下,有 6 个月不能出来,极夜时期就开始了。所以,明天就是它射出光线的最后一天了。

我把自己的意见和顾虑告诉尼摩船长,他对我说:"您说得对,阿龙纳斯先生,如果明天我不能测量太阳的高度,我就不可能在 6 个月之内再做测量了。不过也正因为我这次航行的机会,3 月 21 日把我带到这南极海中来,如果太阳出现,我的方位是很容易测定的。"

"船长,为什么呢?"

"因为,太阳沿着那么长的螺旋线走,想在水平线上确切测量它的高度,很是困难,仪器也容易犯严重的错误。"

"那么,您怎样来进行呢?"

"我只是使用我的航海时计，"尼摩船长回答我，"如果明天3月21日，折光作用估计在内，太阳圈轮正好切在北方的水平线上，那我就是在南极点上了。"

"是的，"我说，"不过这个测定从数学上看，并不是完全精确的，因为春分时间不一定是在正午。"

"当然，先生，但差数也不能过100米，并且我们也要更进一步的确定，那么，明天再来吧。"

第二天上午9点，我们到了岸上，天空很晴朗，乌云都向南飞去了，冰冷的海面上开始升起雾气。尼摩船长笔直地往峰顶上攀登，不用说，那里是他早已选定的观测点。在陡峭的熔岩和浮石上爬行尚且是件难事，况且火山沟里还释放着硫黄气体。尼摩船长虽已不习惯在陆地上行走，但其攀登这样陡峭的岩壁的敏捷程度就连专业捕杀羚羊的猎人也会称赞；而我则很难跟得上他，被落在后面好长一段距离。

2小时后我们抵达山顶，这里一半是云斑岩，一半是玄武岩。我们脚下是一片闪着光的冰原，头顶上是一片清澈的蓝天；在遥远的北边，太阳就像是一个被切了一半的火球；在海上游弋的鲸鱼喷出的水柱下落时形成巨大的扇形水雾；在远处，"诺第留斯号"好像是一个还在睡觉的鲸鱼；在我们后面的南面和东面，是一片广大的陆地，上面布满了岩石和冰川，一直延伸到我们肉眼看不见的地方。

我们把各种仪器放好，先用海拔计仔细地测量了海拔高度，因为这是决定我们位置时必须考虑的一个因素。

11时3刻，太阳将它最后的光撒向了这个以前未曾有人类造访过的地区。在这最后的关头,我们终于看到了阳光。

尼摩船长用一个特殊的望远镜校正折射光观察着太阳,太阳正在一点点地向地平线落下,我拿着精密计时仪,心扑通扑通直跳。如果太阳正好是中午时分消失,那我们此时就在南极上了。

"中午!"我喊道,这就意味着这块土地正是南极所在。

"南极!"尼摩船长用很严肃的声音回答,同时把望远镜给我,镜中显出的太阳正好在水平线上被切成完全相等的两半。

我注视着照在尖峰顶上的最后阳光和那从尖峰层峦渐渐上来的黑影。这时候,尼摩船长手扶住我的肩头,对我说:"先生,1600年,荷兰人叶里克被海浪和风暴所吹送,到了南纬64度,发现南设得兰群岛。1773年1月17日,著名的库克沿着东经38度,到达南纬67度30分。1829年,英国人福斯脱指挥"香特克利号",占领了南纬63度26分、西经63度26分的南冰洋大陆。1831年2月3日,英国人比斯哥在南纬68度50分发现恩德比地方;1839年,英国人巴连尼在南极圈的边界上发现了沙布利邓地方。现在,我,尼摩船长,1866年3月21日,我在南纬90度上到达了南极点,我占领了面积相当于所有大陆1/6的大陆。"

"船长,您用谁的名字呢?"

"先生,我用我的名字!"说这话的时候,尼摩船长展开一面黑旗,旗中间有一个金黄的N字!然后,他回过身来,面对着最后光芒正射在大海水平线上的太阳,喊道:"再见,太阳!沉下去吧,光辉的金球!你安息在这个自由的海底下吧,让6

个月的长夜把它的阴影遮覆在我的新领土上吧!"

二十九、意外事故

我们占据的这块大陆正是南极，3月22日早上6点，我们开始做离开的准备。

最后的晨光融进了黑夜里，天很冷，我们头顶上的星星分外灿烂，可以辨认出璀璨的南十字座，这是南极地区的南极星。在极夜到来之际，我们要破冰向北返航了。

此时气温低达零下9度，寒风刺骨，海面上开始结冰，这个大陆显然将要冻结6个月，这期间绝对无法通行。对于海豹和海象来说，它们早已习惯了寒冷的气候，能够在冻结的荒原上待下去。它们会本能地在冰中打洞，并始终保持洞口不冻住以此来呼吸新鲜空气。当候鸟们纷纷逃往北方时，这些海洋哺乳动物就成了南极大陆唯一的主人。

"诺第留斯号"的水舱已装满了，它慢慢潜下水面，当它到达1000英尺深处就停止下潜，螺旋桨开始转动，以15节的速度向北驶去。"诺第留斯号"这天下午就到了巨大的冰障下面。我们接着驶向下一个目的地。

"诺第留斯号"为了能够撞击下沉的冰,尼摩船长把起居室的隔板关闭了。我们再也看不到更新奇的东西了,我便一整天都在整理我的记录,脑子里完全被南极占据了。

我们没遇到很多的困扰和危险就抵达了那个不可想象的地方,就连乘火车也没这么舒坦,而且现在我们已经开始返航了。

会有什么新的惊奇出现吗?我懒得去想,让命运安排吧,似乎海底生命的奇观对我们来说还远不止这些!命运将我们带到"诺第留斯号"上长达5个半月,一路上有许多令我们惊喜、让我们担惊受怕的事件:克雷斯波岛森林狩猎,在托雷斯海峡搁浅,珊瑚墓地,锡兰珍珠养殖场,阿拉伯海底隧道,桑托林岛的火山,亚特兰蒂斯,南极……所有这些在夜里一个接一个地出现在我的梦中,我的脑袋昏沉沉的,似乎该好好休息调养一段时间了。

凌晨3点时,"诺第留斯号"又发生了点儿意外,整个船体强烈地颤动。我从床上坐起来,想听听发生了什么事,但猛地被掀到了房间中央,"诺第留斯号"显然撞到了什么东西,并且大幅度地倾斜。

我摸着墙沿着过道来到起居室,天棚顶上的灯亮着,但家具都被掀翻了。幸好展柜和地板连接得很牢固,因此还立在那里。房间靠船右舷的油画紧贴墙板,左舷的油画悬空,离墙已有1英尺。"诺第留斯号"是向右倾斜的,而且已经不能动弹了。外面到底怎么了?

起居室里传来脚步声和混杂的吵闹声,尼摩船长却没有出现。当我正要离开起居室时,奈德兰和康塞尔进来了。

"发生了什么事?"我问道。

"我们正要来问先生呢。"康塞尔答道。

"见鬼!"加拿大人叫道,"我可以告诉你发生了什么事!'诺第留斯号'搁浅了,从倾斜方式看这次不会再像在托雷斯海峡时那样容易地离开了。"

"我们是不是还在海面上?"我问道。

"不知道。"康塞尔答道。

噢,我太傻了,紧张之中,便把仪器给忘了。看了看压力表后我大吃一惊,压力表显示深度为1180英尺。"这是怎么回事?"我叫了起来。

"我们必须去问尼摩船长。"康塞尔说。

"他在哪儿?"奈德兰问道。

"跟我来,"我对他们说。我们走出起居室,图书馆里没有一个人,中心过道和船员舱也没有人。于是我们三人又回到起居室,在这里,等待尼摩船长的出现。加拿大人的心情一直不佳,而这次又遇上了麻烦,不能说他的愤怒是毫无道理的。

我们闲着没事,倾听着"诺第留斯号"内轻微的声音。20分钟后,尼摩船长走进来,他好像没看见我们,那张总是毫无表情的脸显露出急躁不安。他默默察看了指南针和压力表,然后走到世界地图前把手指压在了南极海域,陷入深深的思考之中。

我不想打扰他,但他在几分钟以后转向了我,我问道:"只是一个意外吗,船长?"

"不,先生,"他答道,"这次是一个事故。"

"严重吗?"

"可能。"

"马上就会有危险吗?"

"不会。"

"'诺第留斯号'搁浅了?"

"是的。"

"怎么发生的?在深海怎么会搁浅?"我纳闷地说。

"这不是人的失误,而是大自然所为。我们在整个调度中没有一点儿错误,但你不能阻止自然的法则。"尼摩船长说。他的回答并没告诉我发生了什么事情,我还是不知道"诺第留斯号"到底怎样了。

"你能否告诉我,船长,是什么造成了这次事故?"

"一群巨大的冰,整整一座冰山,翻倒下来了,"他回答我,"当冰山下面或受温热的水流、或受来回的冲击耗损的时候,它们的重心就往上移。那时它们就大大地翻转,它们翻筋斗了。现在的情形就是这样。其中有一个大冰群,翻倒的时候,碰上了在水底行驶的'诺第留斯号'。这一大块冰从船身下溜过,那不可抗拒的力量又把船给顶了起来,于是,我们就搁浅了。"

"我们把储水池的水排出去,使船重新得到平衡,'诺第留斯号'不就能脱身了吗?"

"目前就是在做这种工作,先生。您可以听到抽水机正在那里工作。请看压力表上的针,它指出'诺第留斯号'正在上升,但现在的麻烦是冰群也在上升,所以我们依然处于搁浅状态。"

果然,"诺第留斯号"右舷依然倾斜倒着。当然,冰群停下的时候，船就可以站起来。但问题是，谁知道我们会不会碰上冰山的上部，被挤在两个冰面中间呢？我思考我们所处的地方可能发生的一切后果。尼摩船长不停地注视着压力表，"诺第留斯号"自冰群倒下来，只上升了150英尺左右，但它跟垂直线所成的角度总是一样。忽然我感到一种轻微运动，很显然，"诺第留斯号"是站起一点儿来了。

悬挂在客厅中的东西分明恢复了它们原来的位置。墙板接近垂直。我们中间没有谁说话。心跳动着，我们看着，我们感到船竖起来，地板在我们脚下又变为横平面了。

"我们直起来了吗？"我喊。

"对。"尼摩船长说，同时他向客厅门走去。

"不过我们能往上浮吗？"我问他。

"当然能往上浮，"他回答，"因为储水池还没有排水，排水后，'诺第留斯号'自然浮上海面来。"

船长走了，我不久看见，船员们得到他的命令，"诺第留斯号"的上升停止了。是的，它可能碰上冰山的下部，让它留在水中好一些。

"我们侥幸出险了！"康塞尔于是说。

"是的，我们可能在这些冰垛间被压扁，如果真的被困住，就无法换气，那我们将会全部窒息在这里。"我心有余悸地说。

"让它完蛋好了！"加拿大人低声咕哝着。

我不想跟加拿大人做无益的争辩，就没有回应他的话。这时，嵌板打开了，外面的光线通过嵌板的玻璃射进来。

我们完全在水中，像我说过的一般。不过，在"诺第留斯号"

的两边，相距10米左右，各竖起一道雪白炫目的冰墙，船上下两方也有同样的冰墙。

船上面，因为冰山的下层冰面遮起来，像宽阔的天花板。船下面，因为翻倒下去的冰块慢慢溜下去，在两侧的冰墙上找到一个支点，维持它目前的这种地位。

"诺第留斯号"是被困在真正的冰的地洞中了，这地洞有20米左右宽，里面是平静的水。

所以，它出来并不困难，或向前进，或向后退，然后再往下数百米，在冰山下面找到一条通路就可以了。光亮的天花板熄灭了，可是，客厅中有明亮的光线照明。那是四面冰墙的强烈反射，"诺第留斯号"快速行驶，冰墙上就出现了雷电闪闪的光芒。

早上5点，我突然感到"诺第留斯号"与某种东西撞到了一起，我知道它的船角击中了冰块，这是调度上的失误，这个水下冰隧道不是那么容易通过的。

我想尼摩船长该改变一下航向绕过冰障继续前行，我们的路不会被全堵死。但与我的愿望相反，它往后退去。

"我们正在后退？"康塞尔问道。

"是的，"我回答，"冰隧道可能在这头堵死了。"

"那我们怎么办？"

"很简单，"我说，"我们将沿来路退回去，从后面离开隧道。"

我想使自己看上去比实际上更镇定一些，所以才这么说。"诺第留斯号"后退的速度在提升，并正在快速航行。

"这样要走更长的路。"奈德兰说。

"只要我们能出去,早几个小时或晚几个小时都无所谓。"

"是的,只要我们能出去就行了。"奈德兰说。

我从起居室到图书馆来回踱着,同伴们则坐着一声不吭。过了一会儿,我一屁股坐在沙发上,拿起一本书盲目地读起来。我知道,就现在的心境,我什么也看不进去。

"诺第留斯号"在 8 点 25 分时再一次撞上了冰障,这回是在其后部。我大惊,同伴们向我走过来,我抓住康塞尔的手,我们用眼光交流着思想,此时真是无声胜有声。

船长这时来到起居室,径直向我走来。

"我们前后的路都被堵住了?"我问。

"是的,教授,所有的出口都被翻转过来的冰山堵住了。"

"也就是说我们被困住了?"

"是的,我们被冰裹在里面了。"

三十、生死一线

这样,"诺第留斯号"的四周,上面下面,都是不可通过的冰墙,我们是冰山的俘虏了。加拿大人用他粗大的拳头拍打着桌子,康塞尔沉默不言。我眼盯着船长,他的面容又恢复了平常的冷淡、严肃,他两手交叉着,在思考。

"诺第留斯号"不动了,船长发言了:"先生们,在我们目前所处的情况下,有两种死法。"

这番话让我们不知道怎么接,没有人说话。

尼摩船长像一位数学教员,正在给他的学生做算术题的解答。他说:"第一种死的方式是被压死,第二种是被闷死。我不说有饿死的可能,因为'诺第留斯号'储藏的粮食一定比我们还能耐久一些。因此我们来考虑一下被压死或被闷死的可能性。"

"船长,"我回答说,"至于被闷死,那是不用怕的,因为我们的储备舱有满满的空气。"

"对,"船长说,"可是这些空气只能使用两天。现在我们潜入水中已经36小时了,'诺第留斯号'的混浊空气已经需要调换。

到48小时，我们储藏的空气就用完了。"

"那么，船长，我们要想法在48小时前脱身就是了。"

"至少，我们要想法试一下，把围住我们的冰墙凿开。"

"从哪一面凿呢？"我问。

"探测器可以使我知道。我把'诺第留斯号'搁浅在下部冰层，我的船员穿上潜水衣，从冰墙最薄的地方凿开冰山。"

"可以把客厅的嵌板打开来吗？"

"没有什么不可以，船已经不行驶了。"

尼摩船长走了，不久发出哨声，我知道海水被吸入储水池中。"诺第留斯号"慢慢下沉，停在350米深的冰底下，这是冰山下部冰层潜入水底的深度。

"朋友们，"我说，"情形很严重，但我相信你们能拿出你们的勇气和力量来。"

"先生，"加拿大人出奇地没有说什么难听的话，反而说道，"我准备为大家共同的安全牺牲一切。"

"谢谢你，奈德兰。"我伸手跟加拿大人说。

"我又要说，"他补充说，"我使铁锹和使鱼叉一样灵活，如果船长用得着我，请他随便吩咐我吧。"

"他一定不拒绝您的帮助。请跟我来，奈德兰。"

我带奈德兰到"诺第留斯号"的船员穿潜水衣的房子中。我把加拿大人的提议告诉尼摩船长，船长接受了。于是，大家都穿上了潜水衣，每人背上一个空气箱，由储备舱供应大量的纯空气。对"诺第留斯号"的空气储备舱来说，这是大量的，然而是必要的支出。当奈德兰装备好后，我回到客厅，厅中的嵌板都开了,我站在康塞尔旁边,仔细查看那卡住"诺第留斯号"的冰层。

几分钟后,我们看见 10 多个船员下到冰地上,其中有奈德兰,由于他的身材高大,很容易认出。尼摩船长跟他们在一起。在进行穿凿冰墙之前,尼摩船长让人先做种种探测,保证工作是向顺利方面进行。很长的探测绳放入上下两面的冰墙,上面到了 15 米,仍然被厚冰墙挡住。所以从上层冰板来开凿是不成的,因为那就是 400 米高的冰山本身。于是尼摩船长让人探测下部冰层的厚度,探测结果显示,下部的冰层有 10 米厚。于是,我们准备从下部入手,把冰块凿开一个大孔,可以让"诺第留斯号"逃出去。初步估计,需要挖 6500 立方米的冰。

在这里多消磨一分钟,危险就增加一分钟,所以大家马上行动了起来。在尼摩船长的建议下,船员们并不是在"诺第留斯号"周围挖掘,因为那样可能带来更大的困难。尼摩船长在距船左舷 8 米远的地方画了一个巨大的圆圈,他的人员就在这圆圈的周围数处同时挖掘。不久,铁锹很有劲地打进了坚硬的冰,一块一块的冰从冰场凿开来。由于冰块比水轻,这些碎下来的冰忽地飞跑到冰洞顶上去了,这样一来,下面是减薄,上面就增厚了;但没关系,下层的冰总算削薄了。经过 2 小时的艰苦工作,先前那帮人,包括奈德兰都精疲力竭地回来了,他们马上被其他人所代替,这之中包括康塞尔和我,我们接着潜下水继续工作。海水似乎格外冷,但挥了几下铁锹后我很快就暖和起来,虽在 30 个大气压下,我们还是可以自由运动,并且干得都很起劲儿。干完 2 小时,我回到船上想吃点儿东西休息一下时，发现空气箱里的空气和"诺第留斯号"里的空气有很大区别，48小时没有换空气，"诺第留斯号"上的空气充满了二氧化碳，空气中能让人存活的氧气已很少了。

挖了12小时后，我们只挖了3英尺厚的冰层，也就是2万立方英尺的冰，估计按这样的速度，即使不考虑精力和体力的消耗，也得需要四天五夜才能完成挖冰工作。

"四天五夜，"我对同伴们说，"可我们只有两天的空气储备！我们不能这样蛮干，需要换个解决方法。"

"即使离开这个该死的监狱，我们也没出路，也不能换空气，因为我们还在冰障下面！"奈德兰说。

奈德兰总是能一下子就点到痛处，谁也不能精确地计算出我们出去所需的时间。在"诺第留斯号"浮出海面之前我们会窒息而死吗？难道命中注定要和这一切葬身于这个冰墓之中吗？形势虽险恶，但我们必须正视它，尽量坚持到底，只有奋斗，才可能有生还的希望。

根据我的预计，我们夜间可以挖走1英尺厚的冰层，但第二天早上当我穿上潜水衣下水时，水温在18—20华氏度之间，海水又在结冰，冰隧道两侧的冰墙合得越来越紧。我们面对这样的新危险又怎样脱险呢？怎样才能阻止海水结冰呢？我不敢去想，这些简直就无法想象。

我不想打消两个同伴的积极性而使他们放弃救险工作，所以没有向他们提起这种新危险。

但我回到"诺第留斯号"时还是提醒了船长这个新危险。

"我知道，"他平静地说，不管形势有多严重，他都会用这种口吻说话,"我没有任何办法去阻止这个新危险,我们的机会是挖的速度要比冻结的速度更快,我们必须抢先,就这么回事。"

抢先!抢先!再抢先!这道理谁都明白。

这天我强迫自己撑着挖了好几个小时,并且离开"诺第留斯号"从空气箱里呼吸一些新鲜空气,也可以逃避船上那污浊而稀薄的空气。下午,我们又挖了1英尺厚的冰层,但当我回到"诺第留斯号"上时,几乎被里面的二氧化碳所窒息。

要是有一种化学办法使我们摆脱这种有害气体该多好!周围的水里含有大量的氧,这里的氧应该是不缺的,我们那强劲的动力完全可以把它提炼出来满足我们的所需。即使我想到了这一点,但也毫无用处。因为"诺第留斯号"的每一个角落都充满了我们呼出的二氧化碳。我们只有在接收器中装上氢氧化钾并不断摇晃,才能把二氧化碳气体吸走。但"诺第留斯号"上没有这种化学物质,也没有可以代替的其他东西。

尼摩船长这天下午只得打开储备舱的阀门向"诺第留斯号"内放了一些新鲜的空气,如果不这样做我们将会一觉睡死过去了!但是,储备舱内的空气还有别的用途。

3月26日,我再次下水挖冰,冰层虽已挖到了第五层,但两边和头顶上的冰看上去越来越厚了。

很明显,在"诺第留斯号"重获自由之前这些冰就会结到一块儿。我觉得绝望了,铁锹差点儿从我手中滑落,这样挖下去有什么用呢?冻得像岩石般坚硬的冰块早晚会把我挤死,这是一种连做梦都想不出来的残忍的死法。我好像处在某种怪物的巨大两颌之间,它正不可阻挡地慢慢闭上。

尼摩船长现在不仅是指挥者,也是劳动者。他走近时拍了一下我的肩膀,指了指我们这个监狱似的墙,右侧的冰墙至少向"诺第留斯号"的船体前进了12英尺。

船长示意我跟他走,我们回到"诺第留斯号"上脱下潜水衣,来到起居室。"阿龙纳斯先生,"他说,"如果我们不想被这种水泥般的冰块封起来的话,那我们只得采取某种英雄般的行动了。"

"是的,可我们能干什么呢?"我说。

"什么都好说,只要'诺第留斯号'能承受住压力不被压扁!"

"这对我们有什么帮助吗?"我不明白尼摩船长的意思。

"你看看,水结冰会使我们周围的冰地崩溃,这样,水结冰就会帮助我们,而不是摧毁我们了。"

"也许吧,船长。但即使'诺第留斯号'再坚硬它也承受不住这样大的压力,它会被撕成碎铁片。"

"我知道,先生。所以指望天是不行的,只有靠我们自己的智慧了。现在'诺第留斯号'两边的冰墙越结越紧,前面和后面也只剩下10英尺了,冰已从四面八方向我们逼了过来,所以我们现在必须阻止结冰了。"

"储备舱里的空气还能让我们在'诺第留斯号'上存活多长时间?"我问道,我知道,储备舱里的空气的确少多了。

船长直直地盯着我的脸说:"后天将会用完!"

一听到这儿,我打了一个寒战,但我不该对这个回答感到吃惊。3月22日时,"诺第留斯号"就已在南极周围的海面下了,现在是26日,5天内我们将会用尽储备舱里的空气,并且剩下的空气主要留给工作的人。我想到这儿时感受仍非常强烈,一股控制不住的恐惧袭上全身,又使我感到肺部好像没有足够的空气,时间太紧迫了。尼摩船长此时站在那里,一声不吭,陷入了沉思。突然,一个主意好像涌上了他的心头,但很快又被他否认了,最后从他嘴里蹦出两个字:"沸水!"

"沸水?"我叫道。

"对,现在我们被困在这个相当小的空间里,如果'诺第留斯号'的泵不断释放出沸水使周围的温度升高就可以阻止结冰了。"

"也只有这样了,我们想不出别的办法。"我说。

"让我们去干吧,教授。"

温度计显示出外面的水温在 19 华氏度,我随尼摩船长来到厨房,看到那些正在工作的为我们提供饮用水的大型蒸馏器里装满了水。电池的热能由浸在水中的蛇形管传到水里,几分钟之内水就沸腾了,然后由泵排出,同时又进来许多水。蛇形管产生的热使从海里上来的冷水一进入蒸馏器就变成了沸水。这样的循环过程,给我们提供了大量的沸水,也给我们带来了活的希望。沸水不停地注入周围的海水里,3 小时后外面的温度提高了 2 华氏度,又过了几小时温度计显示 25 华氏度,又升高了 4 华氏度。

"这个管用。"我对船长说,心里的重担慢慢放下了。

"是的,现在我们至少不会被压死,只担心会窒息而死。"他答道,"'诺第留斯号'的空气正在减少。"

沸水连续不停地注入海里,到夜里海水的温度升到了 30 华氏度,"诺第留斯号"被摧毁的危险已经排除。

第二天，3月27日，还剩下4米厚的冰需要挖去，还要48小时的工作。在"诺第留斯号"内部，空气不可能调换，因此这一天的情形更糟。

一种不可忍受的重浊空气使我难过，下午3点左右，这种痛苦的感觉到了难以忍受的程度。我的肺叶迫切寻求有活力的氧，它是呼吸所必不可少的东西，现在愈来愈稀薄了。我的精神完全在昏沉沉的状态中，我没有气力地躺下来，差不多失去了知觉。我的忠实的康塞尔有了同样的病症，受着同样的苦痛，他在我身边，再不离开我。他拉着我的手，他鼓励我，我还听到他低声说："啊！如果我可以不呼吸，先生可以多有些空气！"

我听到他说这话，不觉眼中满是泪水。

对我们全体来说，我们在船上都觉得难受，所以轮到自己挖冰的时候，人人都很迅速地、很高兴地穿上潜水衣，立即出去工作。铁锹在冰层上咔咔作响，胳膊累了，手弄破了，但这些疲倦算什么，这些伤口有什么要紧，总算有新鲜空气到肺中了！人们总可以呼吸了！

可是，没有谁超出指定的时间，延长自己在水下的工作。各人工作完了，各人就将有氧气放出来的空气箱交给自己的同伴。尼摩船长自己先做个榜样，他第一个遵守这种严格的纪律。时间到了，他把他的空气箱给另一个人，回到船上有害的大气中，他老是那么镇定，一点儿不示弱，不发一句怨言。

就这样，经过几天的奋战，在整个面积上，只剩下2米的冰要挖去。可是储备舱差不多空了，剩下的一些空气只能保留给工作人员使用，一点儿也不能给"诺第留斯号"。当我回到船上的时候，我是半窒息了。多么难过的夜，我简直无法形容。第二天，我的呼吸阻塞不通，头又昏又痛，我的同伴们也感到同样的难受。有些船员已经呼吸急促，在发喘了。

这一天，我们的监牢剩下第六层的最后 1 米冰，尼摩船长觉得铁锹挖得太慢，决定用高压力来冲开那个把我们和水面分开的冰层。他仍然保持他原有的冷静，以顽强的精神忍受着肉体的痛苦。按照他的指示，船减轻了分量，就是说，由于重力的变化，它从冰冻的一层浮起来。当它浮起来的时候，人们就想法把它拖到照它的浮标线所画出的宽大的坑上。然后，让它的储水池装满了水，它降下，装在坑里。

这时候，所有的船员都回到舱里来，跟外面相通的两重门都紧闭起来。"诺第留斯号"这时是躺在冰层上，这冰层只有 1 米厚，并且有千百处被探测器钻通。

储水池的龙头于是完全打开来，100 立方米的水都流进去，把"诺第留斯号"的重量增加了 10 万千克。

我们等着，我们听着，忘记了我们的痛苦，仍然抱着希望。我们好像赌博，得救与否，完全看这最后一招了。尽管我脑中嗡嗡作响，昏乱不清，但不久我听到"诺第留斯号"船身颤抖了，下陷的作用发生了。冰层破裂，发出新奇的声响，像撕纸的声音一样，"诺第留斯号"渐渐沉下去。

"我们穿过去了！"康塞尔在我耳边低声说。

我不能回答他，我抓着他的手，我完全不由自主地抽搐，紧紧握住他的手。突然间，"诺第留斯号"像一颗炮弹沉入水中，就是说，它掉下去，像它在真空中飞快地坠下去了！于是所有的电力都送到抽水机上,抽水机立即把储水池中的水排出。几分钟后,我们的下降停止。并且不久,压力表就指出船是在上升。推进器全速开行,船身铜板发生震动,它带我们向北方驶去。但是,现在从冰山下到自由海的航行,要延长多少时间呢?还要一天吗?如果是这样的话,那我仍不免要死在前头了!我半身躺在图书室的长沙发椅上,我不能出气了,我的脸发紫,双唇变蓝,我身体器官失灵,什么都看不见,什么也听不到,我意识到死神正一步步向我逼近……

忽然我苏醒过来,几口空气吹入我的肺中,我们是回升到了水面吗?我们是越过冰山了吗?

不是!那是奈德兰和康塞尔,我的两个忠实朋友,他们牺牲自己来救我。还有些空气留在一个空气箱里面,他们不呼吸它,他们给我保存起来,当他们窒息的时候,他们把生的希望留给了我!我要把空气箱推开,他们扯住我的手,于是我很快意地呼吸了一会儿空气。

我向大钟看去,正是上午 11 点,这天应当是 3 月 28 日。"诺第留斯号"以每小时 40 海里的惊人速度行驶,它简直是在水中做痛苦的挣扎了。

尼摩船长在哪里?他丧生了吗?他的同伴们跟他同时牺牲了吗?这时候,压力表指出,我们距水面只有 20 英尺。单单有一座冰场把我们跟大气分开。我们不可以冲开它吗?此时,我感到它采取倾斜的方位,把后部下降,将前面的冲角挺起来。由于它的强力推进器的推动,它从冰场下面,像一架强大的攻城机冲上去。它先把冰场渐渐撞开,然后退下来,再用全速向裂开的冰场冲去；最后，它被极大的冲击力带走，跳上了被它撞碎的冰面。

升降口打开了，纯净的空气一下子涌进了"诺第留斯号"的每一个角落，将即将死去的生灵们挽救回来了。我敢说，我们终于成功了，我们得救了。

三十一、海中大捕捞

4月1日,"诺第留斯号"在中午前几分钟浮出了水面,我们看到了远在西边的陆地,那便是火山岛。

接近晚上的时候,我们驶近了福克兰群岛。第二天我才看见它的最高峰。这儿的海水不是很深,因此我想这两个岛屿被一群小岛所环绕,说它们曾经是巴塔哥尼亚高原的一部分是有道理的。福克兰群岛最初被称为南戴维斯群岛,也许是由著名的约翰·戴维斯发现的。后来由里查德·霍金斯命名为梅登群岛。18世纪初,布雷顿的渔民们把这座岛屿称为马尔维纳斯群岛。最后,这座岛屿归属了英国人,又把它叫作福克兰群岛。

我们的渔网在这一带水域里拖上来一些可爱的海藻,尤其是一种根上长满了世界上最好的紫菜的海藻。甲板上飞来一群野鹅和野鸭,很快它们便成了我们的佳肴。至于鱼类,我特别注意到一种与刺鲫鱼相关的骨质鱼类。

我被许多漂亮的水母所吸引,特别是只在福克兰群岛附近才能发现的"金色水母"。它们的肚皮在游动的时候就像一个很平的半球形，夹杂着红棕色的条纹，12条触须对称地长在尾部；有的像一个倒扣着的箩筐，上面吊着优雅的大叶子和红红的长嫩枝。它们靠移动四个叶形的臂膀游动，厚厚的触须漂浮在水中。我本想保存这些精美的植物形软体动物的几种标本，但它们就像会融化后蒸发的云、阴影和幽灵一样，离开自己的自然环境后马上融化了。

福克兰群岛的高地最后消失在了地平线之外，"诺第留斯号"潜入65—80英尺之间的深处，沿着南美洲海岸行驶。尼摩船长仍没露面。

一直到4月3日，我们都没有离开巴塔哥尼亚海岸，船有时在海底下，有时在洋面上。4月4日，"诺第留斯号"驶过拉普拉塔河，横过了乌拉圭，接着在距陆地50海里的海面上往北航行。我们从日本海出发以来，到现在已经走了1.6万里了。上午11点左右，南回归线在西经37度上切过。我们走过了佛利奥岬海面。尼摩船长不喜欢让他的船离有人居住的巴西海岸太近，因此用了惊人的速度驶过，使得奈德兰大为不快。

这种迅速的行驶维持了好几天，4月9日晚上，我们望见了南美洲最偏东、形成圣罗喀角的尖岬。但"诺第留斯号"到这里又躲开，它潜入最深的海底，去找寻在这尖岬和非洲海岸塞拉利昂之间的海底山谷。这座海底山谷是在安的列斯群岛相同的纬度上分出来，到北方9000米的巨大下洼方结束的。在这里，大西洋地质上的切面，一直到小安的列斯群岛，有一道长6千米的悬崖。在跟青角群岛相同的纬度上，另有一道差不多一样长的石墙，这样就把整个沉下去的大西洋洲围起来。这座广大山谷的底层有些山脉，崎岖不平，使这海底下面的景象美丽如画。我讲这海底的情形，特别是按照"诺第留斯号"图书室所藏的手稿地图来讲的，这地图显然是尼摩船长亲手绘制的，并且都是根据他个人的观察绘出来的。

越过了赤道线，西方20海里是几沿尼群岛，那是法国的领地，我们在那里可以找到容易藏身的地方；但是海风呼啸，波涛汹涌，一艘小艇是很难逃生的。奈德兰一定也了解到这点，所以兴致也不高，不怎么说话。我自然也不提逃生计划，因为我不愿使他做那些一定要流产的试验。

在4月11—12日的两天内，"诺第留斯号"没有离开海面，船上渔网打到的植虫类、鱼类和爬虫类非常丰富。

有些植虫类是由渔网的链索拖拽上来的，大部分是那美丽的属于海苋葵科的须形海藻。在许多品种中，有种被带须形藻，原来是大西洋这一部分海中的特产，那是小小的圆筒躯干，带优美的直线纹和红色斑点，头上展开新奇的触须花朵。这一带海中的鱼类，我还没有机会加以研究，我举出下面不同的几种。在软骨鱼类中，有化石花斑鱼，这是一种鳗鱼，长15英寸，淡青色的头，紫红色的鳍，蓝灰色的脊背，肚腹是鲜明的银白红褐色斑点，眼膜周围由金黄色圈起来，它们是一种很新奇的鱼，亚马孙河水把它们一直带到海中来，而它们普遍是生活在淡水中的。有蝙蝠鳍鱼，这是一种呈等腰三角形的红色鱼，半米长，胸鳍长在突出的肉上，看起来有些像蝙蝠的形状，但在鼻孔边有角质的触角，因此别名为一角鱼。还有好几种箭鱼，带甲鱼，这鱼两侧多刺，闪出鲜明的金黄色。还有酸刺鱼，鱼身上的鲜明紫色显出柔和的色泽，像鸽子咽喉部分的颜色那样。

我们的一张网打到一种很板平的鳊鱼，把这鱼的尾巴截去，就可以成为一个完全的圆盘，它重 20 千克左右。鱼身下面是白色的，上面是淡红色的，带有深蓝色的圆点，并且圆点周围有黑圈，表皮很光滑，后面是一个中间开裂的鳍。它摆在平台上，极力挣扎，全身抽搐，居然就要蹦到海中去了。可是康塞尔看到了，立即扑上去。我要拦住他的时候，他两手已经把鱼抓住了。

他立即被打倒，两腿蹬在空中，半身麻痹，大声喊："啊！我的主人，我的主人！您快来救救我。"

加拿大人和我跑去把康塞尔扶起来，在他身上轻捶片刻。当他恢复过来的时候，这个嗜好分类的老实人吞吞吐吐地说："软骨鱼纲，软鳍目，鳃固定的，绞亚目，䱻科，电鱼属！"

"对，我的朋友，"我回答他，"那是一条电鱼，是它把你弄得这样狼狈。"

"啊！先生是相信我的，"康塞尔立即回答我，"但我一定要对这东西进行报复。"

"你怎样报复呢？"

"把它吃掉。"

晚上，我们果然把它吃了，但完全是报复性质，因为，老实说，这鱼的肉是又粗又韧的。

攻击康塞尔的，是一种最危险的电鱼，名为伞形电鱼。这种奇怪动物在导体中，譬如在水中，距离几米远就可以电晕别的鱼类，它的发电能力很大，它身体两侧带有电量的面积不下于 27 平方英尺。

4月12日,"诺第留斯号"靠近了马罗尼河口时,我们看见了群居的海牛,它们像史特勒的海牛,属海牛目动物。它们性情平和,不善攻击,可长到20—25英尺长,重达9000磅。我告诉两个同伴,有远见的大自然赋予这些动物重要的角色,海牛和海豹,注定要生活在水底大草原上,毁灭这些成片的堵塞了这些热带河流口的植物。你可以想一下,假如人类几乎完全毁灭了这些动物之后会发生什么?腐败的植物使得空气恶臭难闻,黄热病便开始在这片陆地上蔓延。有毒的植被在这片温暖的水域里生长,疾病在里奥·普拉塔到佛罗里达一带肆虐。如果海洋里缺少了鲸和海豹,而只有那些章鱼、水母和鱿鱼,它们就要成为水中传染病的中心,因为它们所处的水域不再拥有"上帝派来清扫海面的巨大的胃"的海牛,那才是可怕的瘟疫呢。

船员们抓了6头海牛,原因是尼摩船长下了命令,说船上的船员好久没吃海鲜了,并且这里的海牛的味道比陆地上牛的味道鲜美得多。但捕猎海牛并没有什么乐趣,海牛不做任何反抗便束手就擒了。几千磅的海牛肉贮存在船上,一律晒干保存。

就在抓海牛的同一天,许多刺海胆被"诺第留斯号"的拖网拖上来。这种动物头顶上有椭圆形斑点,并且两侧多肉,它们头上的扁平盘子由移动的、横向的软体组织组成,这种动物能用它制造真空,这就使得它像水蛭一样缠附在别的动植物身上。

这件事做完了,"诺第留斯号"就驶近了海岸。这里,一批海龟正在岸边睡觉;要想抓住这些珍贵的爬行动物很难,因为响声会惊醒它们,而它们结实的壳也会保护它们不被鱼叉叉住。

但是，我们并没有错过这个机会，海龟可以让人大补。我们抓到了几只卡古安海龟，每只长约3英尺、重约450磅。

这次捕捞结束了，我们在亚马孙盆地附近水域里的短暂逗留也结束了。夜幕降临了，"诺第留斯号"又一次向开阔的海洋进发。下一次，我们还会遇到困难或灾难吗？

我想，只有接下来的事实会告诉我们。

三十二、遭遇章鱼

在这几天内,"诺第留斯号"经常躲开美洲海岸。很显然,它不想到墨西哥湾水中,或安的列斯群岛海中来。那一带海水并不浅,不是不能容下它的船身龙骨,那一带海的平均深度是1.8万米,很可能是由于那一带有许多岛屿,还有许多汽船往来,对于尼摩船长来说是不适合的。

4月20日,我们航行在平均1500米深的水层。那时跟船最接近的陆地是留加夷群岛。群岛散开,像铺在海面上的一堆石板。在这一带有高出的海底悬崖,那是像宽大基石那样铺下的一道一道直立高墙,在墙中间露出许多黑洞,我们船上的电光不可能直照到底。

这些岩石上面铺着层层的阔大海产草叶,宽大的海带类,巨大的黑角菜,简直就是海产植物形成的墙壁,正好与地下巨人的世界相配。从我们上面说的巨大植物,康塞尔、奈德兰和我,自然而然地就要谈到这一带海中的巨大动物,显然其中有些是作为其他一些动物的食物的。

不过，从几乎不动的"诺第留斯号"的玻璃窗中看，我在那很长的草叶条上，见到腕足动物门的主要节肢动物，长爪的海蜘蛛、紫色海蟹、安的列斯群岛海中特有的翼步螺。

大约11点钟，奈德兰指引我注意到了一种蠕动的可怕的东西。

"那是章鱼居住的洞穴，"奈德兰说，"看到几只这样的怪物，我不会吃惊的。"

"什么？章鱼！"康塞尔惊叫道。

"不是，是巨型章鱼。一定是奈德兰弄错了，我什么也没看见。"我说。

"那太糟了，"康塞尔说，"我很希望与海底的章鱼面对面作战，听说它们威力很大，可以把船拖到海底。我想，它们叫……"

"我绝不相信有这种动物存在。"奈德兰说。

"为什么不呢？"康塞尔说道，"我们要相信先生的话。"

"康塞尔，我们错了。"我说。

"是吗？但别人仍然会相信的。"

"也许他们会，康塞尔，但就我而言，直到我亲手解剖了一只这样的鱼才会承认这些怪物真正存在。"

"先生也不信有这种巨型章鱼？"康塞尔问我。

"谁会信有这种怪物？"加拿大人叫道。

"很多人，奈德兰。"

"科学家或许会相信，但我肯定渔民不会相信。"

"不，奈德兰，渔民和科学家都会相信的。"

"我想起来了，我曾见过一艘大船被一只小章鱼拖了下去。"

康塞尔用世界上最严肃的语气说。

"你见过?"奈德兰问。

"是的,奈德兰。"

"用你的双眼?"

"亲眼所见。"康塞尔镇定地回应着。

"如果你不介意的话能告诉我在哪里吗?"

"在圣·摩拉。"康塞尔很沉着。

"在港口?"奈德兰讥讽道。

"在教堂里。"康塞尔回答道。

"教堂里!"奈德兰惊呼道。

"是的,那是一幅章鱼的画。"

"那一定是幅好画!"奈德兰一边大笑,一边惊叫道。

"先生,康塞尔试图……"

"他没讲错,我听说过那幅图,"我说,"自然历史中传说是很值得信任的。当它属于怪物一类的问题时,人们只要充分发挥神奇的想象力就行了,无须别的。传说中不仅章鱼能将船拖入水中,而且还有1英里长的章鱼,看起来更像一座岛屿。有一天主教把祭坛放置在一块巨大的岩石上,在那里做弥撒。弥撒结束,岩石便移动了起来,原来那座岩石是一只章鱼。"

"哦!讲完了吗?"奈德兰问,他总是不能耐下心来。

"没有,另一个主教曾讲起,有一只章鱼能与一连骑兵作战!"

"在过去,主教一定都是讲故事的高手!"奈德兰说。

"古代的博物学家们提及这类怪物,说它们的嘴很大,大得连直布罗陀海峡它们都不能通过。"

"好故事,真的。"奈德兰惊叫着。

"不过这些故事里有多少真实的成分呢?"康塞尔问。

"没有多少,或者仅有一个是可能的,所以它们都只是寓言或传说。但它们里面一定有某种激发讲故事的人的想象力的东西。我们承认这种大型的章鱼是存在的,虽然它们比鲸鱼小。亚里士多德曾看见一只5腕尺长的章鱼。还有,特里斯特和蒙特披里尔博物馆有长6英尺半的骨架,据博物学家们估计,这种生灵可能会有27英尺长的触须。我们可以自然而然地想象,它是一个多么可怕的怪物。"我说。

"现在人们还捕捞它们吗?"加拿大人问道。

"不,但是海员会时常看见它们。我有一个朋友,勒阿弗尔的保罗·波斯船长就经常给我讲,他在印度洋上是怎样遇到这种巨大的怪物的。但是,在1861年,发生了一件最令人惊讶的事,这件事驱散了所有有关这种海怪存在的疑团。"

"是什么事呀?"奈德兰问道。

"那一年,在特内里费岛的西北部,也就是接近我们现在所处的纬度上,一艘名叫'阿勒肯顿号'的邮船发现了这种章鱼,它在船的附近漂游着。指挥官波哥想设法把它诱骗到船边,本想抓住它,但怎么努力也没有成功。因为子弹和叉子对它都没有用,射穿它柔软的肉体就像射穿松散的果子冻。几经失败,船员们最终成功地套住了章鱼的身体,捆住了它的身子和尾鳍。他们试着把这只海怪拖到船上来,可是它太重了,即使那只章鱼的尾巴几乎断裂也没松劲。后果可想而知,像家中壁虎断尾逃跑一样,章鱼忍痛使自己的尾鳍和身体断裂,然后消失在水底。"我讲的故事显然吸引了奈德兰和康塞尔,两人正全神贯注地听着。

"不管怎样,我们毕竟有了些事实。"奈德兰说。

"对,无可争议的事实。人们为了纪念这件事,给这个怪物取名为波哥的章鱼。"

"它有多长,你知道吗?"奈德兰又问。

"有20英尺长吗?"康塞尔也问,他站在窗户边,再次检查那些起伏不平的峭壁。

"非常对。"我肯定地答道。

"那是不是它的头顶上长有8个触须。"康塞尔接着问。

"是!"

"它有大大的突眼?"

"是!"

"它的嘴是不是就像长嘴小鹦鹉的嘴,但略大一点儿?"

"对,对。说得一点儿不错。"我吃惊地望着康塞尔。

"那么,根据我所了解的科学知识,我认为这也是一种波哥的章鱼或者说是它的表兄弟。"

我看着康塞尔。奈德兰却冲到了窗子边。"多么可怕的家伙!"他失声地喊道。

我朝窗外望了望,感到一阵恶心。在我的视野中,那种传说中的可怕的海怪正在丑恶地扭动着身子。

这是一条身躯巨大的章鱼,长8米,它疾速快捷地倒退着走,方向跟"诺第留斯号"一致,它那海色的呆呆的巨大眼睛瞪着。

它的 8 只胳膊，不如说 8 只脚，长在它的脑袋上，因此这种动物得了头足类的名称，8 只脚发展得很长，有它身躯的双倍那样长，伸缩摆动，像疯妇人的头发那样乱飘。

我们清楚地看见那排列在它触须里面、像半球形圆盖的 250 个吸盘。这些吸盘有时贴在客厅的玻璃上，中间呈真空。这怪东西的嘴——骨质的嘴，生成像鹦鹉的一样——垂直地或开或合。它的骨质的舌头本身有几排尖利的牙，颤抖着露出那一副真正的大铁钳。大自然是怎样的离奇古怪啊！在软体上有一个鸟嘴！它的身躯做纺锤形，中腰膨胀，形成一个大肉块，重量不下 2 万—2.5 万千克。它身上的颜色随着这怪东西的蠕动，极端迅速地改变着，从灰白色陆续变为红褐色。这个软体动物为什么蠕动呢？一定是因为"诺第留斯号"在面前，船比它更巨大可怕，并且它的吸盘脚或它的下颚又没法捉住它。

可是，这些章鱼是多么怕人的怪物！造物者分给它们的是多么出奇的活力！它们的运动有多大的劲儿，因为它们有三个心脏！偶然的机会把我摆在这章鱼面前，我不愿丢了这个机会，对这头足类的品种，不小心加以研究。我克服自己对它的外形所有的厌恶心情，我拿了一支铅笔，开始给它作写生画。

"或者这跟'阿勒肯顿号'看见的是同一种东西吧。"康塞尔说道。

"不是，"加拿大人回答，"因为这一条是完整的，而那一条是丢了尾巴的。"

"这不成理由，"我回答，"因为这类动物的胳膊和尾巴是可以由逐渐地累积重新生出来的，7 年以来，波哥的章鱼是可能有时间又长出尾巴来的。"

"此外,"奈德兰立即回答,"如果这条不是它,那许多条中间或者有一条是它!"果然,好些其他的章鱼又在船右舷的玻璃边出现了,我算了一下共有7条。

它们护卫着"诺第留斯号"前行,我听到它们的嘴在钢板上磨擦出的声音。我们是它们希望中的食物,我继续我的工作。这些怪东西在我们两旁海水中十分准确地保持一定的速度,就像它们是站着不动一样,我简直可以在玻璃上用纸把它们缩小摹下来。

这时,"诺第留斯号"行驶的速度很慢,忽然"诺第留斯号"停住了,一次冲击使它全身都发生震动。

"我们是撞上什么了吗?"我问。

"总之,"加拿大人回答,"我们已经摆脱开了,因为我们浮起来了。"

"诺第留斯号"浮起来了,但它停着不走,它的推进器的轮叶没有搅动海水。一分钟过去了,尼摩船长走进客厅来,后面跟着他的副手。

我好些时候没有看见他了,他的神色忧郁,没有跟我们说话,或者没有看见我们。他走到嵌板边,看一下那些章鱼,对他的副手说了几句话,他的副手出去了。

不久嵌板闭起来,天花板明亮了。我走到尼摩船长面前,我对他说:"真是新奇的章鱼品种。"我说话时语气很从容,像一个喜爱鱼类的人在养鱼缸面前说话一样。

"是的,生物学教授,"他回答我,"我们现在要跟它们肉搏。"

我眼盯着船长。我想我并没有听明白他的话。

"肉搏吗?"我重复一下问。

"对,先生。推进器停住了,我想有一条章鱼的下颚骨撞进轮叶中去了。因此就阻碍了船,不能行动。"

"您将要怎么办?"

"浮上水面,把这条害虫宰了。"

"这是件困难的事呀!"

"是的,电气弹对于这团软肉没有办法。"

"我们可以用斧子来砍。"我说。

"也可以用叉来叉,先生,"加拿大人说,"如果您不拒绝我加入,我一定来帮忙。"

"我接受您的帮助,奈德兰师傅。"

"我们陪您一同去。"我说。我们跟着尼摩船长,向中央楼梯走去。楼梯边有10多个人,拿着冲锋用的斧子,准备出击。康塞尔和我,我们拿了两把斧子,奈德兰手执一杆鱼叉。

那时"诺第留斯号"已经浮上水面来了。一个水手站在楼梯的最高的一级上,把嵌板上的螺钉松下来。可是母螺旋刚放开,嵌板就被十分猛烈地掀起,显然是被章鱼一只胳膊的吸盘拉住了。立即有一只长胳膊,像一条蛇,从开口溜进来,其他20只在上面摇来摇去。尼摩船长一斧子就把这根巨大的触须截断,它绞卷着从楼梯上溜下去。

在我们彼此拥挤着走到平台上时,章鱼另外两只胳膊,像双鞭一样在空中挥动,落在尼摩船长面前站着的那个水手身上,以不可抗拒的力量把他卷走了。尼摩船长大喊一声,跳到外面去,我们也跟着一齐跳出来。

下面我看到的是多么惊险而悲壮的场面！那个可怜的水手被触须夹紧，挥舞着被悬在了半空。

他不能呼吸，却还本能地喊着："救命！救命！"我惊得目瞪口呆。还有一点，就是因为他是用法语喊出来的，我的一个同胞被卷去了，船上可能还有。在这一生中，我将不会再听到这样刻骨铭心的悲痛呼救了。谁能从魔爪下把他救出来？一个微弱的生命可能就这样被葬送了。可我们得从悲痛中站出来。尼摩船长第一个带头向这只章鱼进行猛烈的回击，他用斧子砍掉了另一只触须，船上的船员备受鼓舞，挥舞着斧子开始了战斗。奈德兰、康塞尔和我也都杀红了眼，拼命地把武器插进章鱼的体内。

战斗异常激烈，片刻间空气中弥漫着一股难闻的麝香味，章鱼已经严重受伤了。我想，那个可怜的同胞快点儿被营救出来吧，现在它的8条触须已经断了7条，只剩下那条卷着水手的触须还在挥动着。但是，正当我们齐力向它砍去时，那个家伙喷出一股浓浓的墨汁，等到墨汁散尽时，章鱼已不见了，其中还有那个不幸的同胞。我的心快要崩溃了。

我们变得异常愤怒，胜利马上就会属于我们。更可气的是，所有的章鱼都围了上来，10多只章鱼的触须乱糟糟地向我们挥来，我们只得同它们开展一次又一次的肉搏战。平台上的鲜血和浓浓的墨汁混合在了一起，也不乏我们同胞的血泪。我们不断地砍断触须，可它们就像传说中海蛇怪的头那样不断地重新生长出来。

奈德兰在这场激烈的战争中表现出了他的英雄本色，每次鱼叉出手，就会刺中章鱼的海绿色的眼睛。但是，可怕的一幕出现了，我们的这位英雄被突如其来的一只触须给绊倒了。

哦，好像进入危险境地的不是奈德兰，而是我，我的心都要被这情感和恐怖撕裂！章鱼巨大的嘴已朝奈德兰张开。我奋力脱身去营救，而尼摩船长更为敏捷地冲了上去，他一斧子就砍进了章鱼的嘴里。奈德兰神奇脱险，他麻利地站起身来，将鱼叉深深地插进了章鱼的心脏。

"这一切都是你的功劳。"尼摩船长欣悦地说。

奈德兰低下头，没有答话，或是在想着什么。

这场激战持续了15分钟。尽管我们都筋疲力尽，但最终取得了完全的胜利，这些海怪，有的被打败，有的被砍断，有的被杀死，最终弃我们而逃了，消失在水下。

而我们的尼摩船长，满身是血，他站在探照灯旁一动不动。他望着吞噬了他的一个同伴的大海，没有因胜利而笑，而是泪流满面。

三十三、大西洋暖流

4月20日的惊人场面刻骨铭心,我怀着无比激动的心情把它写下来了。以后我又把这个叙述重读一遍,我把它念给康塞尔和奈德兰听,他们觉得我所写的很正确,跟实际情形一样,但产生的效果还不够强烈。想描绘这类图画,必须我们诗人中最有名的一位、《海上劳工》的作者的妙笔,才能表达出来。

就这样,在沉痛的怀念中,我们又过了10天。到5月1日,我们在船上就可以看见老巴拿马运河出口处的巴拿马群岛了。这时,"诺第留斯号"才再次振作起来,向北航行。接着,我们顺着海洋中最大的暖流航行,抵达墨西哥湾暖流。

墨西哥湾暖流实际上是一条自由奔腾的河流,它从大西洋中部穿过,没有和周围其他的海水混杂在一起,它的温度、流向明晰可变。这也是一条咸水河,密度比较大,比大西洋中其他的海水要咸。它的平均深度达到3000英尺,平均宽度为60海里。有些河段,它的流速可以达到每小时25节。这个湾流拥有的水量比地球上其他所有河流的水量还要大。

谈起墨西哥湾暖流的真正来源,正如莫里船长发现的那样,是在比斯开湾。在那里,水温比较低,水的颜色相对很淡,但湾流的出发点从这里开始。接着,它向南流下,沿着赤道非洲前行,在这一带受赤道太阳的高温照射,水温变暖。它流过大西洋,抵达巴西海岸的圣罗克角。在圣罗克角,湾流分成了两支,其中的一支流向加勒比海的暖水域里,水流比较稳定,它重新调节海洋气温的平稳并把赤道的暖水流引向北方海域,到了墨西哥湾,由于水流被晒得很热,它开始沿着美洲海岸朝北流向纽芬兰岛。而当此时,暖流却遭遇到由戴维斯海峡过来的寒流的影响,水流开始转向,流回到了大西洋。在北纬43度处,这股水流又成了两条支流,其中一支由于受东北信风的影响,流回比斯开湾和亚速尔群岛;而另外一支,流经爱尔兰和挪威海岸之后,又途经斯皮兹佰格,水流全部涌进了北冰洋。

这就是著名的墨西哥湾暖流,我们的"诺第留斯号"就是沿着这条暖流航行。在离开佛罗里达海峡时,这条暖流达到了宽30英里、深1000多英尺,而流速是每小时5英里。

湾流蜿蜒北上,流速稍有缓慢,但仅仅是稍有缓慢。实际上,它的速度和方向变化莫测。随之带来的,也有许多影响,比如欧洲的气候,受此影响特别大,形成了它那特有的冬暖夏凉的天气。

快到中午了,我和康塞尔站在平台上,我给他讲述有关湾流的事情。当我讲完这一切时,我让他把手放在水流里,亲自试探一下。康塞尔照着我的话做了,他吃惊地发现,这儿的水不冷,也不太热。

原因我是再明白不过了，当海水涌出墨西哥湾时，湾流的水温就跟人的体温差不多了。这条河流能称得上是海洋中的一个加热器，它可以使欧洲四季充满绿色、生机勃勃。而且，如果莫里船长的计算是正确的话，这条湾流所含的热量足以融化一条面积有亚马孙河和密苏里河相加起来的冰河。此时的湾流，正在以每秒7英尺还多一点儿的速度前进。它的水流与周围的海水是如此的不同，以至于暖流受到海水的挤压，它比周围冷水的温度要稍高一些。而且，由于它的流动运转，富含盐分，它深蓝色的海水与周围的绿色海洋形成了鲜明的对比。它的分界线如此清晰，结果当"诺第留斯号"驶到加罗林群岛近海时，它的船头已进入湾流，而它的螺旋桨却还拍打着大西洋绿色的水波。

5月8日，跟北加罗林群岛在同一纬度上，我们还是与哈特勒斯角侧面遥遥相对。这时，大西洋暖流的宽度是75海里，它的深度是210米。"诺第留斯号"继续随意冒险行驶，在船上好像没有什么管理和监督了。我敢说，在这种情况下，逃走的计划很可能实现。是的，有人居住的海岸到处都可以藏身。海上有许多汽船不断往来穿梭，它们是从纽约或从波士顿到墨西哥湾的定期船只。又有那些小的二桅帆船在美洲沿海各地担任沿岸航行的工作，我们很有希望能得到这些船只的接待。所以，现在是一个很好的机会，就算"诺第留斯号"离美国海岸有30海里，也没有什么关系。

但突然的险恶情势完全打破了加拿大人的计划。天气很坏，我们走近了这带常有暴风的海域，就是台风和旋风产生的地方，产生的原因正是由于大西洋暖流。在一只脆弱的小艇上，冒险与时常狂吼的波涛搏斗，那一定是白送性命，奈德兰本人也同意这种看法。所以，对于他发狂的思乡病，虽然只有逃走才能治疗，但现在，他也只能咬紧牙关，再忍耐一些时候了。

"再也不能这样下去了，"那一天奈德兰对我说，"我想对于这事必须有明确的决定。尼摩船长离开此地，往上航行，向北开行了。但我坦白对您说，南极我已经受够了，我决不跟他到北极去。"

"怎么办，奈德兰？这时候，逃走是不可能的！"

"我还是我从前的那个主意，必须跟船长谈一下。当我们在您的祖国沿海中的时候，您并没有跟他说。现在到我的祖国沿海中了，我要跟他说了。当我想到，没有几天，'诺第留斯号'就要跟新苏格兰在同一纬度上。在那边，近纽芬兰岛，现出阔大的海湾，圣劳伦斯河流入这湾中。圣劳伦斯河流经我生长的城市魁北克，当我想到这事时，我的愤懑完全露在我脸上了，我的头发竖起来了。您瞧，先生，我情愿跳到海中去也不愿留在这里！我快闷死了！"

加拿大人显然是忍无可忍了，他的天性难以适应这漫长的监牢生活，他的容貌一天一天改变。

他的性格愈来愈忧郁，我感觉到他所忍受的苦恼，因为我也一样，心中有了思乡病。差不多7个月过去了，一点儿陆地上的消息也得不到。还有，尼摩船长的脾气也变得古怪起来，特别是那一次跟章鱼战斗后，我觉得他的热情消退了，也时不时地发脾气。

"先生，怎么样？"奈德兰看见我不回答，立即又说。

"奈德兰，那么，您要我去问尼摩船长，他对于我们有何居心？"

"是的，先生。"

"虽然他已经说过了，也还要问一下吗？"

"我希望最后一次把这件事搞明白了。仅仅以我的名义同他说吧。"奈德兰似乎着急了。

"可是我很难碰见他。而且他也在躲我呢。"我为难地说。

"那就多了一个理由，必须去看他了。"

"奈德兰，我不久一定问他。"

"什么时候？"加拿大人坚持地问。

"当我碰见他的时候。"

"阿龙纳斯先生，您让我找他去好吗？"

"不，我找他去。明天……"

"今天。"奈德兰说。

"好！今天我就去看他。"我回答加拿大人说。要是他自己去的话，一定会把整个事情搞糟。

我决定去问尼摩船长了，而且回到房中后，刚好听到尼摩船长的房中有脚步声，那就不应该放过这个碰见他的机会了。我敲敲他的门，没人回答；我又敲一下，仍然没有反应，于是我用手转动门扣。门开了，船长在房中。他弯身在工作台上，没有听到我进来。我下决心不问清楚就不出来，我走近他身边。他突然抬起头来，紧蹙眉头，用相当粗暴的语气对我说："您在这里！您要干什么？"

"要跟您谈谈,船长。"

"可是我有事,先生,我工作呢。我让您孤独一人的那种自由,难道我不可能有吗?"

这话听了尽管很不舒服,但我还是强忍了下来。"先生,"我冷淡地说,"我要跟您谈一件我不能再耽搁不谈的事。"

"先生,什么事?"他用讥笑的语气回答,"您发现了些我没有注意到的发现吗?大海给您露出些新秘密了吗?"

我们离题太远呢。但在我要答复之前,他指着摊开在桌上的手稿,用比较严肃的语气对我说:"阿龙纳斯先生,这是用数种语言写的手稿。稿中内容是我对于海洋研究的总结,如果上帝愿意,这手稿可能不至于跟我一齐毁灭。这手稿签署了我的姓名,还有我一生的历史,将装在一个不透水的小盒子里面。'诺第留斯号'船上全体船员中最后死的一个人,把这盒子投入大海里,它跟着海水,随便到什么地方让人捡去。"

我心里一震,这个人的姓名!他手写的他一生的历史!那他的秘密总有一天会被揭露出来吗?不过在这时候,我只把他的这段谈话当作引子。我回答他说:"船长,我只能赞同您的想法,您的研究成果决不能让它损失。但您用来执行您的计划的,是很原始粗糙的方法。谁知道大风把这盒子吹到哪里去?它将落到什么人的手中?您不能找出更好的办法吗?您,或你们中的一位,不可以……"

"永不能,先生。"尼摩船长打断我的话,急促地说。

"就是我,我的同伴们,我们愿意保存这特别藏起来的手稿,如果您能恢复我们的自由……"

"自由！"尼摩船长站起来说。

"是的，先生，就是这个问题，我现在要来问问您。我们在您船上有7个月了，我今天用我的同伴和我的名义来问您，您的意图是不是要把我们永远留在这船上。"

"阿龙纳斯先生，"尼摩船长说，"我今天要回答您的话，就是7个月前我回答过您的——谁进了'诺第留斯号'，谁就不能离开它。"

"您要我们接受的简直是奴隶制了！"

"随便您喜欢给它什么名称吧。"

"可是，奴隶随时随地保留有要恢复他自由的权利！不管哪种机会来到，他都不会放过！"

"这个权利，"尼摩船长回答，"谁否认您有？我曾想过要你们发誓把你们束缚住吗？"船长两手交叉在胸前，眼盯着我。

"先生，"我对他说，"我们都不希望谈论这个问题。不过既然说到了，我们就尽情地谈一下。我再重复一遍，这不是单单关于我个人的问题。对我来说，研究是一种帮助，一种有力的转移，一种吸引，一种热情，可以使我忘记一切。跟您一样，我的生活不求人知，我只有一个微小的希望，想把自己工作的结果，有一天放在一个盒子里，随风浪的漂流，遗赠给世人。总之，在某些方面上，我很佩服您，跟着您，没有什么苦恼和不快。但您生活的另一面，使我觉得复杂和神秘。就是这一部分，一直到现在，我的同伴和我，毫不了解。我们的心时常为您而撼动，为您的某些痛苦而感动，或为您的天才或勇敢行为而鼓舞。但是，我们同时又看到，不论是从朋友或是从敌人方面发出来的美和善，哪怕是出于人类同情心的最细微的表示，我们也必须把它压抑在心中，不能露出来。那么，就是这种感觉，我们对于所有牵涉您的全是陌生的这种感觉，也就使得我们的处境有些不能忍受下去，甚至对我来说也是这样。特别对奈德兰来说，更是这样。对自由的热爱，对奴役的憎恨，可能让人在心中生出报复计划，他可能要做的……您心中曾想过吗？"

我停声不说了。尼摩船长站起来说："奈德兰准备怎么做，随他的意思去，那跟我有什么关系？并不是我把他找来的呀！并不是我高兴把他留在船上的啊！至于您，阿龙纳斯先生，您是一个聪明的人，有些话我不说您也明白，希望这是您来谈这个问题的第一次也是最后一次，因为第二次我就是听都不听了。"

我退出来。自这一天起，我们的情形很是紧张，我把谈话转告给我的两个同伴了。

"我们现在知道，"奈德兰说，"对于这个人我们不能有什么期待了。'诺第留斯号'现在接近长岛，不管天气怎样，我们逃吧。"

但是天气愈来愈坏，有迹象预告大风暴就要到来，空中大气变成灰白的牛奶色，浓密的乌云随风而至，海水高涨，鼓起阔大的波涛。除了喜欢跟风暴做朋友的那一种海燕外，所有的鸟都不见了。风雨表的指数显著下降，表示空中的湿度很高、水蒸气很多。风雨的猛烈斗争很快就要展开了。

天，继续沉闷着，直到5月18日的白天，暴风雨突然来临了。这时"诺第留斯号"正离长岛几英里远，准备进入纽约港。不知什么原因，尼摩船长却下了一个背离常规的决定，那就是他这次不是把"诺第留斯号"潜入海底躲避暴风雨，而是决定留在水面上与之搏斗。暴风雨势不可当地从西南方向猛刮过来，风速达到每小时35英里；到下午3点钟，达到了每小时55英里。

尼摩船长一反常态，站在平台上，任由强大台风的侵袭。他在自己腰间系了一根绳子以防被风浪打倒。我也跟着来到平台上，系上绳子，一边观赏着真正的暴风雨，一边赞赏着这个观察暴风雨的强人。映在水中的大块的乌云扫过波涛翻滚的海面，我再也看不到那些大浪中的小浪花了，映入眼中的，只剩下烟雾弥漫的大浪，一浪接过一浪，一浪高过一浪，互相推拥荡起。"诺第留斯号"如同海上一叶浮萍，在波涛汹涌的海上纵横摇晃，时而侧身卧行，时而像桅杆一样巍然挺立。

我们的船，我们的命，危在旦夕。

下午5点钟的时候，下起了一场骤雨，但大风和海浪并没有想平静下来的意思，反而更加肆虐了，大风的速度达到了每小时100英里。在这样的情况下，要是在海岸边，房屋完全可以被刮倒，屋顶的瓦片可以吹进屋内，铁栅栏可以被折断，就是千磅重的大炮也会被吹跑。然而，暴风雨中的"诺第留斯号"，却还奇迹般地站立着，正如尼摩船长说的那样，"一艘建造完美能抵御任何风暴的船"。它比岩石还坚硬，因为浪涛能摧毁岩石；它更是一只没有桅杆和缆索的服从命令的铁纺锤，它在狂风暴雨中劈波斩浪，却丝毫不受损伤。

此时，我仔细地观察着汹涌的波涛。它们大约高50英尺，宽度在500—600英尺之间。它们的大小和力度随海水波涛的增加而增大。有人计算过，在这样的波涛冲击过的海面，它们的压力可以达到每平方英尺约3000磅。就在赫布里底群岛，一块重达 8.4 万磅的岩石就曾被推走。还有，在 1864 年 12 月 23 日的暴风雨中，这种巨大能量的海流先袭击了东京的部分地区，接着以每小时 450 英里的速度越过太平洋，于同一天冲击了美国海岸。看来，一时半会儿，暴风雨不会停了，我低估了这场暴风雨。到夜幕来临之时，暴风雨不仅没有减小的意思，反而变得越发地凶猛强劲。

黄昏时，我看见了天边驶过一艘正在痛苦挣扎的大船，它减缓航速，试图保持着漂浮状态。想象得到，它是根本停止不下来的，这一定是从纽约开往利物浦或勒阿弗尔港的众多蒸汽船中的一艘。不一会儿，它便消失在黑暗之中。

晚上 10 点，天空中又增加了些风景，电闪雷鸣，一道道闪电划破天穹。那么刺眼的闪电，可是尼摩船长却直直地盯着它，似乎要把暴风雨的灵魂嵌进他的身体内。天空中充满了巨大的混浊的响声，这其中一半是来自咆哮的暴风雨，还有一半来自震耳欲聋的雷声。风似乎是从四面八方吹来，共同来攻击这艘孤立无助的铁船。飓风以逆时针方向旋转，它与南半球的暴风雨正相反，那儿的风是顺时针方向旋转。我知道，正是这湾流，它的水流与周围的空气之间产生温差，酝酿了这可怕的飓风。"诺第留斯号"在暴风雨中无力地挣扎着。

我实在是受不了了，我感到彻底被压垮了，筋疲力尽。我向升降口爬去，回到了起居室。

这时，暴风雨正值最凶猛、最厉害的时刻，我在"诺第留斯号"内站都站不稳。尼摩船长半夜才回到船舱。我听见储水舱慢慢地装满了水，"诺第留斯号"缓缓潜入水中。和暴风雨较劲玩累了，也应该到水下宁静的环境中调整一番了。

透过起居室的玻璃窗，我看见一大群吓得惊慌失措的鱼，像一群火海中的幽灵匆匆而过，有几条鱼就被雷劈死在我的眼前。上帝啊，我为这无辜的生灵而祈祷。

"诺第留斯号"继续下潜。我想，它会在水下50英尺处停止的，因为在平时，这个深度的水就能保持静止不动了。但是这一次不行，50英尺深的海水摇晃得还是非常厉害，我们不得不下潜到150英尺处，在这里才能找到平静的海水。而在这里，是多么安宁，多么寂静！谁能想象，正有一场可怕的暴风雨在海面上肆虐横行呢？

三十四、海底搜索

由于暴风雨的作用，我们到达了大西洋的东岸。因此说，我们从纽约或者从圣劳伦斯河逃跑的一切希望此时都已化为泡影。可怜的奈德兰，绝望至极，和尼摩船长的态度一样，他也把自己关在了房里。只有康塞尔，把服侍我作为他的生活的中心，一直陪伴着我。

现在，"诺第留斯号"已经摆脱了危险境地，它在大雾的天气中漂游了好几天，它有时在水面上行驶，有时则在水下潜行。

这样的大雾，主要是由于冰雪融化后，空气中的湿度太大而造成的。曾几何时，有多少船只因为这雾而看不见海边的航标灯，迷失在这片海域中？又有多少船只因此触礁沉没！尽管有航标灯，船只间有汽笛声、警报声，但是，还是有许多船只互相碰撞而毁坏。

在这片海域，因为水面上的事故，有许多船只的残片横躺在那里，有的已经腐烂不堪，也有的船只是新的。不知道有多少船员连同船只、乘客因此葬身大海。如拉斯南、圣保罗岛、圣劳伦斯河口等。这样的险境在地图上数不胜数。就在过去的几年里，又有多少船只葬身大海呢？比如说"皇家轮号""伊曼纳号""蒙特利尔号""苏威尔号""伊斯号""巴拿马特号""匈牙利号""加拿大号""汉堡号""美利坚合众国号"，所有这些船只都是意外地触礁沉没的；"北极号""里昂号"是被撞毁而沉没的；而"总统号""太平洋号""格拉斯哥号"则是不明原因失踪了！"诺第留斯号"航行在这片阴暗的残骸中，我们探照灯的灯光从那些铁架和铜壳上反射出来，真有点儿惨不忍睹。

5月15日，我们抵达了大西洋中大浅滩的最南端。这里是由海水冲积而成的，堆积着大量的有机物的残骸。这些物质可能是由湾流从赤道带来的，也可能是沿着美洲西岸的逆向寒流从北极带来的，还有巨大的数百万只死掉的鱼、软体动物和植物形动物的尸骨。除此之外，由于雪崩而冲刷下来的大量岩石也堆积在这里。

大浅滩的海水不深，只有700英尺左右；但在南边，却有一个凹陷的洼地，足有1万英尺深。在这里，湾流失去了它原有的速度和温度，开始向四周蔓延，最后形成一片汪洋。

当"诺第留斯号"经过这片海域时，我看见了几种海鱼，长有3英尺，浅黑色的背，橘色的腹部，它们是同类鱼中忠实配偶的好榜样，但并不被其他的鱼所喜欢，往往别的鱼看见它们就远远地躲开了；还有一种大尤内纳鱼，它是一种味道极佳的翠色海鳝；还有长着大眼睛、头部看上去像狗头的卡拉克鱼，长0.75英寸的黑色刺鲫鱼或河鲨鱼，以及长尾鳕科的深海鱼，这种鱼游得很快，有的竟能游到很远的北冰洋。

"诺第留斯号"再次下网拖到了一些鱼。其中有粗壮、胆大和力大的鱼,这种鱼身上肌肉发达,头上有刺、有鳍,活像一只10英尺长的活蝎子,它们是鳕鱼和大马哈鱼的天敌,这就是被称为"北方水域中的英雄"的杜父鱼。

我们的船员花费了九牛二虎之力才捕到这种鱼,它除了红色的鳍,全身长满棕色的瘤。它有一种特殊的鳃盖骨,能够保持呼吸畅通;即使离开海水后,它还能顽强地存活一段时间。

在起居室里,面对着玻璃窗,我还观察到了一些稀有的鱼。有丛鱼,这是一种在北方海域中经常陪伴船只的小鱼;有北大西洋少见的尖嘴鱼;还有只有在纽芬兰岛水域里才看得见的鳕鱼。有人曾把鳕鱼说成是山里的鱼,他们把纽芬兰岛看成了一座水下山峰。

"诺第留斯号"就在这诸多鱼群中穿梭而行。一提到鳕鱼,康塞尔就禁不住嚷道:"那个就是鳕鱼?可我认为鳕鱼应该是扁形的,就像比目鱼和舌鳎一样。"

"你真傻,"我给他纠正,"只有在食杂店里的鳕鱼才是扁平的,它们是被剖膛摊开的;而在水中,它们像鲻鱼似的,又圆又细,因此,它们游泳的技术很高。"

"既然先生这般说,我就相信鳕鱼是又圆又细的。"

"我问你,知道一条雌鳕鱼产多少卵吗?"我说。

"不知道,我猜会有50万颗吧?"

"不,远远比这多,有110万颗,康塞尔。"

"噢,天哪,真不可思议。"

"但这是千真万确的。不过鱿鱼和人类是它们的天敌。特别是人类，法国人、英国人、美国人、丹麦人和挪威人都大量地捕杀过它们，因为它们的肉鲜美，每年人们都要需求大量的鳕鱼。倘若没有惊人的产量，那海洋里的鳕鱼早就灭绝了。有数字显示，仅仅英国和美国，就有7500名水手驾驶着5000艘船被派去打捞鳕鱼；每艘船按打捞4万条算，总计为2000万条，实际的打捞数量要远远高于这个数字。"康塞尔听得目瞪口呆。

穿过大浅滩海底时，我发现，有很多装有鱼钩的长长的钩鱼线，它们都是渔民用来捕鱼的。"诺第留斯号"置身其中，不得不施展灵活技术，摆脱这片水下渔网。

但是，船并没有在这片海域停留很久，它很快就到达北纬42度，靠近了圣约翰和赫尔兹康港，这里是越洋海底电缆的终端。在这里稍作休整，"诺第留斯号"没有继续向前行驶，而是取道东进，好像是要沿着这片铺有电缆的水下高原前进。

5月17日，我第一次看见了横卧在海底的越洋电缆。这是在离赫尔兹康港约500英尺、水深900英尺处。由于事先我没有告诉康塞尔，他还以为是一条巨大的海蛇呢！我纠正了他，并且安慰他，告诉他有关铺设海底电缆的各种事情。

第一条海底电缆于1857—1858年铺设，但是，在传送了400封电报后，它就失去了作用。1863年，工程师们又重新修建了一条电缆，长2100英里，重4500吨，它装在"大东方号"的海船上进行铺设，但这次试验也是以失败而告终。

到5月25日，"诺第留斯号"潜入1.2585万英尺深的海底，航行在电缆中断的地点。这时离爱尔兰海岸还有638英里，当时的工程因电缆中断而导致失败。

原因是这样的，那天下午2点钟时，有人发现与欧洲的电信联系突然中断，船上的电工决定在把电缆打捞上来之前，先将它切断；到晚上11点，他们打捞到被损坏的那部分电缆。于是他们开始检修，又把它焊接起来。

可是两天后，这部分电缆又中断了，这次再也没能从海底把它打捞上来，这条电缆因此作废了。但是，美国人并没有丧失信心，而是迎难勇进。一个叫塞路斯·菲尔德的人，集资赞助这项事业，冒着风险投入了他所有的财产，并发行了一套新债券，结果被人们抢购一空。

于是，另一条结实的新型电缆制造出来了。它的绝缘电束被放在一种马来树胶皮中，胶皮外面裹着一层布来保护它，所有这些东西又都放在一个金属套管里。1866年7月13日，"大东方号"再次出征。这一次，他们终于取得了成功。

"诺第留斯号"5月28日到达山谷。这时，我们距离爱尔兰仅有100英里了。尼摩船长是不是要继续北上向不列颠群岛进发呢？不，这次我又想错了，令我大吃一惊的是他掉头向南向欧洲海域开去了。

我们绕过翡翠岛，没多长时间，我就能看到克利尔角和法斯内特岩山上的航标灯，它为成千上万个从格拉斯哥和利物浦港驶出的船只照亮了航程。

"诺第留斯号"敢冒险穿过英吉利海峡吗？这时，我突然想起了这个问题。自从我们靠近陆地，奈德兰就又来了精神，他的逃跑欲望在心中越燃越旺，他问了我一连串有关航程的问题。

但是，我又怎么会知道呢？尼摩船长一直没有露面，恐怕连他也不知道到底驶向何方。要不，他是有意让奈德兰看一眼加拿大之后，又打算让我也望一望我的法国？不过，"诺第留斯号"继续朝南开去。

5月30日，"诺第留斯号"航行在英格兰岛顶端和锡利群岛之间；在那里，我们望见了终极岛。

如果尼摩船长想进入英吉利海峡的话，他就该径直朝东驾驶；但是，他没有这样做。一整天的时间，"诺第留斯号"一直在海上兜圈子，这使我百思不得其解。它似乎在寻找一个停靠地点，可又太难找到合适的地方了，尼摩船长的葫芦里到底卖的是什么药？

中午时刻，尼摩船长亲自来到甲板上，测定现在所处的位置。他没有跟我说话，从我跟前过去，好像没我这个人似的。看上去，他比以前更忧郁了，是什么使得他这样悲伤呢？是因为接近欧洲海岸了吗？他仍旧对他的祖国有丝丝眷恋吗？

如果都不是，那么他又有何感触呢？是悔恨还是遗憾？真叫人难以琢磨。我有一种预感：尼摩船长迟早会把他的秘密对我说出来。

第二天，"诺第留斯号"继续航行着，显然，它是在寻找海洋中一个可靠的停靠点。尼摩船长又一次来到甲板上测量太阳的高度，这时大海平静，天空晴朗，万里无云。

向东8英里外的洋面上望去，一艘大蒸汽船出现在天际。可是船上没有任何标志或旗帜，我无法辨认，这是哪个国家的船只。

在太阳经过经线前的几分钟，尼摩船长拿起他的六分仪仔细地观察起来。"诺第留斯号"一动也不动,既不摇晃也不颠簸,好像能够完全领略船长的意思。当他完成观测时,说:"就是这里。"于是,我走下升降口。

我说不上来,他这句话是什么意思,难道是他看见了那艘改变了航线并且好像朝我们开来的蒸汽船?

我回到了起居室,接到命令,升降口关闭了,我能听到储水舱里进水的声音,并且螺旋桨转动的声音也停止了。我明白,"诺第留斯号"开始垂直下潜。

几分钟后,"诺第留斯号"停在了2733英尺深的水中。

这时,起居室的灯全灭了,玻璃隔板反而被打开。透过窗户,我可以看到潜艇顶上的探照灯将周围半英里的海水照得透亮。我朝左舷望了过去,只看见大片宁静的海水;又朝右舷望了望,有一个从海底冒起的大团物体,引起了我的注意,看上去它就像被埋在一层雪白的贝壳里的废墟。

我仔细地察看这个物体,可以模糊地辨认出,它是一艘没有桅杆的特大体积的沉船,而且是船的前部分沉入海中。可以想象,这一定是一起发生在很久之前的海难了。

不过,这是一艘什么样的船呢?为什么"诺第留斯号"要探寻它?难道不是暴风雨而是其他东西将船拖入水中,致使该船沉入海底?我的脑海中出现了种种猜想。

不知道什么时候,尼摩船长已经站在我的身旁了。他像解说员似的,缓缓道来:"这艘船曾经叫'马赛人号',它于1762年下水,承载74门大炮。1778年8月13日,在拉波普·威尔特利的指挥下,它曾英勇地与'普鲁斯顿号'作战。1779年7

月4日,它帮助德斯坦海里司令的舰队攻占了格林纳达。1794年,法国给它改了名字。同年4月16日,它来到布莱斯与维亚列·乔约斯舰队会合,受命给从美国来的运麦船护航。5月30—31日,这支舰队与英国舰队遭遇。6月1日,就是74年前的今天,就在这个地点,北纬47度24分、西经17度28分,这艘船经过英勇战斗后,桅杆全部被折断,船舱里灌满了水。船上有2/3的船员丧失了战斗力,最后船与它的356名水手一起沉入了海底。"

"这是'复仇号'!"我喊道,一下子想起了我们法国的国家英雄。

"对,教授,正是'复仇号'。"尼摩船长的语气也十分坚定。

三十五、以卵击石

这种说话方式,这个意外场面,这艘爱国战舰的历史事件,开头是淡淡地讲述,但是当这个古怪人物说出他最后几句话的时候,却已满怀激动的情绪。我注视着船长,他两手向海伸出,火热的眼睛看向那光荣战舰的残骸。或者我永远不知道他是谁、从哪里来、到哪里去,但我愈来愈清楚地把这个人从仅是有学问的学者当中区分出来了。

"诺第留斯号"慢慢地回到海面上来,我看着"复仇号"的模糊形象渐渐消失。不久,轻微的摇摆让我感到船已浮到水面。这时候,传来一种轻微的爆炸声。我看着船长,船长直立不动。"船长?"我说。他不回答,我离开他,到平台上去。康塞尔和加拿大人比我先在平台上了。

"哪里的爆炸声?"我问。

"是炮声。"奈德兰回答。

我的目光向我早先见到的那艘汽船的方向望去,它向"诺第留斯号"驶来,疾速地向我们追来。它距我们只有6海里。

"奈德兰，那是什么船？"

"看它的帆索船具，看它的桅杆高度，"加拿大人回答，"我敢打赌那是一艘战舰。它希望追上我们，必要的话，把'诺第留斯号'这怪物击沉！"

"朋友，"康塞尔说，"它可能对'诺第留斯号'造成损害吗？它可能做水下攻击吗？它可能炮轰海底吗？"

"奈德兰，您告诉我，"我说，"您能认出这艘船的国籍吗？"

"不，"他回答，"先生，我认不出它是哪一国籍，它没有挂旗。但我可以肯定，它是一艘战舰。"

在15分钟的时间内，我们一直观察这艘向我们驶来的大船。但是，我不相信它从这个距离就能认出"诺第留斯号"，更不相信它会知道这艘潜艇是什么。不久加拿大人通知我，那是一艘大战舰，有冲角，有两层铁甲板。浓厚的黑烟从它的后座烟囱喷出来，它的帆彼此挤得很紧，跟帆架错杂在一起。帆架上没有悬挂任何旗帜。距离还远，不能辨认它的信号旗的颜色，这信号旗像一条薄带在空中飘扬。如果尼摩船长让它靠近，那么我们就有机会获救了。

"先生，"奈德兰说，"这船距我们一海里的时候，我就跳到海中去，我同时建议您像我一样做。"

我不回答加拿大人的提议，我继续注视那船，眼看它愈来愈近了，不管它是哪个国家的船，只要我们能上船，它肯定欢迎我们。

"请先生好好回忆一下，"康塞尔说，"上一次我们游泳的经验。先生完全可以相信我，如果先生觉得跟着奈德兰朋友走是合适的话,我会把先生驮到那船边去的。"

我正要回答的时候,一道白烟从战舰的前部发出。几秒钟后,让人心悸的重物落下,把水搅乱,水花飞溅到"诺第留斯号"的后部。不一会儿,爆炸声传到我耳中来。

"怎么?他们向我们开炮!"我喊。

"勇敢的好人!"加拿大人低声说,"他们并不把我们当作漂流在破船上的遇难人!"

"请先生原谅,"康塞尔把再打来的一颗炮弹溅在他身上的水抖下去的时候说,"请先生原谅,他们认出这条'独角鲸',他们用炮打独角鲸哩。"

"可是他们要看清楚,"我喊,"他们面对的是人呢!"

"或者正是为这个呢!"奈德兰眼盯着我回答。

我完全明白了,人们现在已经知道应该怎样看待这个所谓怪物的存在。无疑地,当它跟"林肯号"接触、加拿大人用鱼叉戳它的时候,法拉古司令认出这条独角鲸实际是一艘潜艇,是比鲸科动物更可怕的东西。对,事情应该是这样,在所有的海面上,人们现在正追逐这可怕的毁灭性机器!

是的,我可以这样假定,如果尼摩船长用"诺第留斯号"进行报复,那当然很可怕!在这艘追赶前来的船上,我们碰不见朋友,我们只见到无情的敌人。可是,更多的炮弹在我们周围落下。有些碰在水面上,只碰一下就跳起来,落在距离很远的海面不见了。没有一颗打中"诺第留斯号"。那艘战舰距我们只有3海里了。不管它的猛烈炮击,尼摩船长并不到平台上来。可是,如果一颗这种锥形炮弹准确地打在"诺第留斯号"船壳上,可能就是它的致命伤。

于是加拿大人对我说:"先生,现在是我们逃命的最好机会了,让我们给那艘船发信号吧!他们或许明白我们是他们的朋友。"奈德兰拿出手帕在空中挥舞着,用他那圆粗有力的臂膀使劲挥舞着。但是,他刚舞起来,就被一只钢铁般的大手夹住了。

"你这个白痴!"尼摩船长发疯似的叫道,"你是不是想在'诺第留斯号'撞翻那船之前,让我把你先钉在'诺第留斯号'的船头?"尼摩船长的声音听起来吓人,可是他的样子看上去更吓人,我以前从未看见过他这个样子。他脸色苍白,瞳孔吓人地收缩着,身体向前倾斜,双手将加拿大人的肩膀扳了过来。

接着,尼摩船长又松开了奈德兰转身面向了愈来愈近的战舰,他用力地吼道:"你们知道我是谁?哼,你这该死的不敢亮国旗的船!我不用看清你的国旗就能认出你!瞧着吧,看我怎么给你好果子吃。"

尼摩船长在平台前面展开了一面黑色的旗帜,和他曾经在南极用的颜色一样。然后,他转过身来,以一种粗俗无礼的口吻对我说:"你和你的朋友都下去。"

正在这时,一颗炮弹打中了"诺第留斯号"的船身;但没有击中要害,弹了起来,落在离尼摩船长站的地方不远的水里,爆炸了。尼摩船长抖了抖溅在身上的水花,眼睛依然倔强地盯着我们:"我再说一遍,你们都给我下去。"

"船长,"我也放大了声音,"你要攻击这艘战舰?"

"对,我一定要击沉它!"

"你不能这样做!"我声嘶力竭地大嚷。

"不可能,教授,"尼摩船长冷酷地回答,"不要用你的意志来判断我的做事原则。谁都知道,要以其人之道还治其人之身,他们既然袭击了我,那么,我也得以牙还牙!"

"那艘船是哪个国家的?"我想缓和一下严肃的气氛。

"你不知道?那再好不过了!那么至少还给我留下了一个秘密。好了,废话少说,你们都给我下去。"

奈德兰、康塞尔和我不得不服从他的命令。在船舱里,15名船员围在尼摩船长的身旁。他们极其愤恨地盯着那艘步步逼近的战舰。他们等着船长给他们下达攻击的命令吧?我想。只要船长一声令下,他们定会全力地反击那艘可怜的还不知道自己安危的战舰。

战舰上的炮弹像一群苍蝇似的向"诺第留斯号"飞来,把我们周围的海浪掀得老高。有的也落在船体上,可以听见金属的撞击声;但是,"诺第留斯号"还在战火中坚挺着。随后,我听见螺旋桨开始转动的声音,"诺第留斯号"启动了,很快地,它就开到了战舰的炮弹射程之外。但是,追击和炮弹的爆炸还在持续着,尼摩船长只是注意保持与战舰的距离。

此时,我的心情是非常焦急的,担心这,又担心那。在下午5点时,我耐不住性子,又来到中央升降口。入口开着,船长还在平台上站着,时不时地来回踱着方步,并看一看那艘远离"诺第留斯号"但又穷追不舍的战舰。

"诺第留斯号"像在玩捉迷藏似的和那战舰兜圈子,引着它朝东开,又转向北,又追逐着它。令人有点儿安心的是船长并没有出击,是不是他还有点儿怜悯之心呢?

从我心中来说，可不希望海战的爆发。因此，我想再努力一下阻止这场即将到来的灾难。

但是我刚一开口，就被尼摩船长的话回绝了。他冷酷地喊道："对他们没有怜悯可言！我是被迫的，我才是正义，这些侵略者，是群毫无羞耻的恶狼；正是他们，使我失去了我所爱的、珍惜的我的祖国、我的父母和我的妻儿。我目睹他们全部悲惨地死去，因此，我诅咒这些害人不眨眼的强盗。"

看来，用语言来挽救是行不通的。我看了船长一眼，又回到奈德兰和康塞尔中间。

"我们必须逃走。"我终于下了决心。

"你最终明白了，先生，请问，那艘船是哪个国家的？"

奈德兰看我也说出了逃跑的话，一下子来了兴致。

"不知道。但是，不管它是哪个国家的船，我敢肯定，超不过夜幕降临，它就会被击沉。'诺第留斯号'的实力太强了，那船根本无法与之相比。尽管如此，与那战舰一道沉没，也比做这个疯狂的复仇者的同谋要好些。再说，到现在我也说不清复仇是否是正义的。"

"我也这么认为！先生。"奈德兰对逃跑鼓足了勇气，"让我们等到晚上再寻机下手吧。"

此话不错，安全逃脱，夜里是最好不过的时机了。夜幕慢腾腾地降临了，"诺第留斯号"出奇地安静。此时我们还按照原有的航线前进，我可以听到螺旋桨有规律地搅动水波的声音。它还在和那艘船进行着你死我活的拉锯战。也许尼摩船长想用这种方式拖垮那艘不知天高地厚的战舰？

管不了那么多了，我们当前的任务就是逃离。我们三人达成一致意见，只要战舰靠近我们，听得见或者看得见时，我们就逃离"诺第留斯号"。此时的天空正适合我们行动，因为这几天将是满月，月光会非常明亮。一旦我们上了战舰，就尽我们最大能力劝说他们，来避开这潜在的危险。

这时候，"诺第留斯号"好像知道我们的计划似的，和那艘战舰又拉开了一些距离。

夜晚过去了一半，却没有发生任何事。两艘船仍旧保持着一段距离，谁也没有再开火。而我们，正在等待着机会。我们激动得说不出一句话来，奈德兰恨不得一下子跳进海里。奈德兰太浮躁，我要他耐心点儿，冷静地再等一等。我认为："诺第留斯号"会在水面上反击这艘战舰，这样的话，船员们都在备战应战，我们的逃跑不仅成为可能，而且会更加容易一些。

凌晨3点，我心中很不安，到平台上去。尼摩船长并没有走开，他站在船前头，挨着他的旗；旗受微风吹动，在他头上招展。他两眼不离开那艘战舰，目光炯炯，有如电照，好像是吸引它、诱惑它，像要把船拉过来似的！那时月亮经过经线，木星在东方升起。在这和平的大自然中间，天空和海洋彼此竞赛安静，大海给黑夜的月轮当作一面最美丽的明镜，恐怕这面明镜从没有这样美地把月亮的影子照出来呢！当我想到海天一色的深沉安静，跟所有酝酿在极其渺小的"诺第留斯号"里面的愤怒相比较，我感到我整个生命都颤抖了。

战舰在距我们2海里的地方，向着那表示"诺第留斯号"所在的磷光追来。我看见战舰绿色和红色的表示方位的灯光，以及挂在前面大桅墙上的白色船灯。模糊的反射光线显出它上面的船具,同时表明它的火力过度猛烈。一阵一阵的火花,一团一团燃着的煤渣,从它的烟囱中喷出来,像星光一样,散入空中。我一直这样在那里待到早晨,尼摩船长好像一直就没有看见我。战舰跟我们还有 1.5 海里的距离,到第一次曙光出现的时候,它的炮声又隆隆响起来,看来我们逃走的机会马上就到了。

  可怕的 6 月 2 日开始了。5 点,我看测程器,知道"诺第留斯号"的速度减慢了,我明白它是故意让敌人接近,并且炮声也一阵一阵响得更猛烈。炮弹掉入周围水中,发出奇异的呼啸声。"朋友们!"我说,"时候到了。大家握一握手,愿上帝保佑我们!"

  奈德兰很坚定,康塞尔很镇静,我神经紧张,快要抑制不住自己。我们走入图书室,当我推开那扇对着中央楼梯笼间的门的时候,我听到上层嵌板忽然关闭了。加拿大人奋身跳到阶梯上去,但我把他拉住。很熟悉的一声呼啸,让我知道水被吸入船上的储水池中来。是的,不一会儿,"诺第留斯号"就潜入水面下几米的深处。我明白了它的行动目标,我们现在要行动已经迟了。

  "诺第留斯号"不想从坚固的铁甲上来攻打这艘有双层甲板的战舰,它是要找那艘战舰的浮标线下面,它要从战舰浮标线下钢壳保护不到的边缘地方来进行袭击。我们又被关起来,要被迫做这一凶恶惨剧的见证人;并且,我们差不多也没有时间来思考。我们躲到我的房间里面,大家面面相觑,一句话不说,我心烦意乱。这时的处境就像等待某一种可怕的爆炸那样,十分难受。我等待着,注意听,我只有靠听觉来生活了!

可是,"诺第留斯号"的速度显然增大了,它现在采取的是前进的速度,它的整个船壳都颤抖了。突然我大喊一声,冲撞发生了,但相对较轻。我感到那钢铁冲角的穿透力度,我听到拉开来和送进去的声音。是"诺第留斯号"在推进器的强力推动下,从这艘战舰身上横冲过去,就像帆船上的尖杆穿过布帆那样!我简直忍不住了。我像疯子一样,神经完全错乱,我跑出我的房间,急忙走进客厅中。尼摩船长在客厅中,沉默、忧郁、冷面无情。他通过左舷的嵌板,两眼注视着。一个庞大的物体沉到水底下来,"诺第留斯号"跟它一起下降到深渊中要亲眼看一看它临死时的惨痛。距我 10 米远,我看见这艘船的船壳裂开,海水像雷鸣一般涌进去,然后水淹了两门大炮和吊床舱房。甲板上满是往来乱动的黑影。海水涌上来,那些不幸受难的人都跳到桅樯网上,抓住桅樯,在水中挣扎,扭曲肢体。这简直就是突然被整个大海侵进来的人类蚂蚁窝!

我麻痹了,像被临死的痛苦僵化了,头发竖起来了,两眼睁得很大,呼吸急促喘不过气来;没有气息,没有声音,我也两眼盯着看!一种不可抗拒的吸引力使我紧紧贴在玻璃上面!

那艘巨大战舰慢慢地下沉,"诺第留斯号"追随着它,窥伺着它的所有动作。忽然战舰上发生了爆炸,被压缩的空气把战舰的甲板轰飞了,就像船舱中着了火一样。海水涌入的力量十分强大,影响到"诺第留斯号",它也倾斜了。这么一来,那艘不幸受害的战舰就迅速地下沉。巨大的船体没入水中,跟它一起,这一群船员组成的死尸都被强大无比的漩涡拉下……

我转过头来看尼摩船长，这个可怕的裁判执行人，是真正的仇恨天神，眼睛老是盯着看。当一切都完了，尼摩船长向他的房门走去，把门打开，走进房中。我眼看着他，在他房间里面的嵌板上，在他的那些英雄人物的肖像下面，我看到一个年纪还轻的妇人和两个小孩的肖像，尼摩船长看了一下肖像，竟然跪倒在地，孩子般地抽咽起来。

三十六、尼摩船长的最后几句话

灾难刚刚消去,"诺第留斯号"以胜利者的姿态,又要出发了。在水下100英尺处,船舱上的玻璃隔板关上了,但客厅里的灯没有亮,"诺第留斯号"里边一片黑暗和寂静。

它要到哪儿去呢?往南还是往北?这次可怕的报复行动后,它要逃到哪儿?我的神志清醒过来,回到了房间。奈德兰和康塞尔一声不响地坐在那里。此时,我对尼摩船长产生了一种无法克制的憎恶。即便他在人类那里受过很多痛苦,他也没有权利如此惩罚他们,这太过分了。

11点钟,船舱里的电灯又亮了,我来到起居室,里面空无一人。我察看了各种仪器,了解了一下此时"诺第留斯号"的运作情况。"诺第留斯号"正在以25节的速度向北逃窜,时而浮出水面,时而潜入水中30英尺深处。

我明白了,我们不是向英吉利海峡驶进,而是快速地向北驶去。

到了傍晚时分,我们横穿大西洋已有200英里。海面被笼罩在茫茫黑暗之中，直到月亮升起来。

我走回自己的房间休息，但根本睡不着，我一直被噩梦困扰着，那恐怖的毁灭场景在我眼前一次次地展现。

"诺第留斯号"神出鬼没，我真的不能想象，下一步它该驶向哪里。它总是以如此飞快的速度穿过这片北方的雾气。

我们要去斯匹兹堡还是新赞布尔悬崖？难道我们要通过鲜为人知的白海、克拉海、奥比湾，去里亚洛夫群岛那不为人知的海滨吗？这一切，我无从知晓。我不能再计算时间推移，好像"诺第留斯号"处在极地地区，白天和黑夜已不能按正常的秩序相互交替。

我感到，自己正处于一个陌生的世界；在这种境界里的感受，是在家中不能感觉到的。

凭着经验感觉，"诺第留斯号"已经这样失控地航行了15—20天，不知道我们这种非人的生活何时才能走到尽头。从海难发生以后，我再也没有见过尼摩船长和他的大副，甚至连一个船员也没有见到。整个船上，只有我们三个人的影子。

"诺第留斯号"不停地浮上沉下，船体上下颠簸，当它浮出水面更换空气时，船体的隔板就自动地开关。船上的好多设备已失去了作用，我甚至不知道，我们到底在哪里航行，四面都是茫茫的大海。而我们三个人的状态，也各自不同。

我们知道，这种处境再也无法维持下去了。奈德兰的耐性已到了强弩之末，他再也不露面了，整天痴呆地卧着，一句话也没有，我真怕他思乡病发作会自杀身亡。

因此，我让康塞尔先别侍候我而去照顾和监护这个奇怪的加拿大人。

有一天凌晨,当天边的第一缕光亮照进"诺第留斯号"时,我从睡梦中醒来,看见奈德兰就伏在我旁边。

他无力地对我说:"咱们逃走吧!"

"什么时候?"我坐了起来,身上也感觉有了些力气。

"就在今晚。船上好像失去了一切监控,整艘船处于一片恐慌之中,再不跑就真的来不及了。"

"但是,我们这是在哪儿?"

"不知道。但我透过浓雾,看到朝东 20 英里处有一片陆地。不管这是哪里,只要有人存在就好。"奈德兰说。

"那,好吧,奈德兰,我随时都准备着,就算海浪把我们吞了也要拼一拼。"

"今天天气很糟,风很大,掀起的浪头特别高。不过不用担心,船上那艘轻便的小艇行驶 20 英里绝对没问题。刚才趁没人注意,我已经往小艇上装了一些食物和一袋水,就等我们上去出发了。"

"那太好了,奈德兰,我们一起逃。"

"别怕,先生,还有我呢,就是万一被抓了,我也要起来自卫!"

"不,我们要逃一块儿逃,要死一块儿死。"

我们彻底地达成了一致意见,就是上刀山下火海,今天晚上我们也要冒这个险。奈德兰联络好后,走出了我的房间。我也赶快起床,登上了平台,好好观察一下环境。

天空看起来恐怖极了,汹涌的海水不断敲击着船体,想站都站立不住。我想,最危险的地方应该是最安全的地方。

主意拿定了，既然陆地就在那片浓雾之中，那么我们就得尽力逃走，丝毫不能耽搁。

为了安全起见，一整天，我不敢和奈德兰、康塞尔说一句话，一直独自待着，却又坐立不安，这最后一天感觉是多么漫长呀！

下午6点钟，我吃了晚餐。尽管不太饿，但为了保存热量，我还是勉强吃了些东西。

下午6点半，奈德兰突然出现在我的面前，他说："晚上10点钟，在月亮还没升起之时，我们趁黑逃走，你到小筏子里去，我和康塞尔会在那里等你。"

我的心跳加速了，为了检测一下"诺第留斯号"的航向，我回到中央升降口。我发现，"诺第留斯号"正在以惊人的速度，在水下160英尺深处向北偏东方向疾驶。

经过陈列室时，我深情地向那些天然珍宝、艺术极品投去了最后一眼。这些珍品，是一个人花费了多大的时间、精力和金钱才收集起来的！但可惜，它们会随着这个人一起葬身海底。在我的房间里，我做好了出发的一切准备，我的笔记，已经小心翼翼地放在夹克衣内。外面，我穿上了厚厚的航海服。

心怦怦地跳着，我无法放松紧张的情绪。真不知道，如果这时碰到尼摩船长，我该怎样打圆场。

我不由自主地靠在他的房门上，想听一下他在干什么。不想他是不可能的。我听到了一阵脚步声，尼摩船长在里面，并且他还没有上床睡觉。

我想，他可能随时会来到我的房间，然后盘问我为什么想逃跑！此时我的心情已经完全被这幻想占据了，以至我思忖着，我最好是走进船长的房间，去真正地面对他一次。这是一种疯狂的、无妄的念头。

幸好，我还能克制住自己，躺到床上，试着平息一下自己的情绪。我的思维由于这次冒险活动，已经不可能停止下来。我开始回想登上"诺第留斯号"后的全部经历，包括所有发生过的幸运和不幸的事。

一路上，我们经历了许多的磨难。从"林肯号"的消失到海下狩猎，从托雷斯海峡、搁浅、珊瑚墓地，到阿拉伯海底隧道、桑托林岛、克里特岛潜水人、大西洋、大冰障、南极点、受困冰层、大战章鱼、海洋暖流风暴、"复仇号"战舰以及那被撞的战舰和它的全体船员一起沉没的可怕的场景……所有这些奇遇历历在目，像电影镜头似的——在我头脑中过了一遍。然而，越不想回忆尼摩船长，但在这些奇异的场景中，他的形象越是无限地增大。他的良好品质不断涌现，在我心中，他已不是个凡人，已不是我的同类；他像是个超人、海中的超人、水中的精灵。

打了个激灵，我从噩梦似的回忆中惊醒过来。现在已经晚上9点半了，我双手捧着头，它胀得就像要爆裂。我闭起了双眼，不愿再想下去。可是，这漫长的半个小时，我又该怎样去熬呢？就在这时，一阵朦胧的管弦乐的和音打破了我的烦躁。那是一种难以形容的悲哀的绝唱，是与世隔绝的灵魂的哀怨。

我收起了散乱的心，屏住呼吸，全神贯注地倾听着。我感觉，我的灵魂跟着尼摩船长的弦声融入到了那种让人陶醉的极乐世界之中，让我不再去想那种种令人害怕的事情。

突然，一种可怕的念头掠过我的脑海。这弦声是从起居室里传来的，也就是说，尼摩船长正在起居室。可是，天啊，起居室可是我逃跑的必经之地，只要我一走出我的房间，就会看到船长的眼神。还有，他真的会和我聊聊。

我快要疯了，急得出了一头冷汗，他一个手势就可能干掉我，或一句话就可以把我绑在他的船上！完蛋了，我命该如何啊？到现在，晚上10点的钟声已经敲响，我知道，命运的钟声在向我招手了。

该怎么办就怎么办吧，我已铁了心，就是尼摩船长拦住我的去路我也不会妥协。我小心翼翼地打开了房门，沿着"诺第留斯号"黑暗的过道前行。

起居室里并没有我想象的那般灯火通明，而是一片漆黑，柔和的管风琴的和音弥漫着整个房间。这一切证明了我的预见。

尼摩船长就在起居室里，但他没有看见我，他听那管弦乐非常出神；我就是把所有灯都打开，他也未必能看见我。我蹑手蹑脚地走过地毯，试着不弄出任何声响，免得惊动了入神的船长。

我花了足足有5分钟的时间才到达了房间的另一端。我正要开门的时候，尼摩船长的一声叹息把我钉在那里不能动。我知道他是站起来了。我甚至看到他的身影，因为图书室中的灯光一直射到客厅中来。

他向我这边走来，两手交叉着，一声不响；说是走过来，不如说是溜过来，像幽灵那样。他的胸部由于他的哭泣而鼓胀起来。我听到他充满哀伤的说话声："全能的上帝！够了！够了！"这就是从这个人良心里面发出来的悔恨的自白吗？……

我简直心神昏乱了,立即跑出图书室。

我上了中央楼梯,沿着上层的过道前行,我到了小艇边。我的两个同伴已经在里边。

"我们走!我们走!"我喊道。

"马上走!"加拿大人回答。

在"诺第留斯号"船身钢板上开的孔本来是关闭的,奈德兰有一把钳子,把螺钉紧紧地上好。小艇上的孔也是关起来的,加拿大人开始弄松那仍然把我们扣在这艘潜艇上的螺钉。

突然船内发出声响,好些人声急急地互相询问,发生了什么事?是人们发觉我们逃走了吗?我让奈德兰拿一把短刀放在我手中。

"对!"我低声说,"我们并不怕死!"

加拿大人停下手来,我们听到一句令人震惊的话,船上人员发觉到的并不是我们逃走!

"北冰洋大风暴!北冰洋大风暴!"他们大声喊。

北冰洋大风暴!多么可怕的名字!那么我们是走在挪威沿岸一带的危险海中了。"诺第留斯号"在我们的小艇要离开它的时候,就要被卷入这深渊中吗?

人们知道,当涨潮的时候,夹在费罗哀群岛和罗夫丹群岛中间的海水,奔腾澎湃,汹涌无比。它们形成翻滚沸腾的漩涡,从没有船只驶进去能够脱险出来的。

滔天大浪从四面八方冲到那里,形成了很恰当地被称为"海洋肚脐眼"的无底的深渊,它的吸引力一直伸张到15千米远。在深渊周围,不仅船只、鲸鱼,就连北极地带的白熊都不能例外,一起被吸进去。

就是在这无底深渊附近,"诺第留斯号"——或无意或有意——被它的船长驶进来了。它迅速地被卷入,路线做螺旋形,愈前进,螺旋形的半径也愈缩小。

小艇还附在它身上,也跟它一样,被惊人无比的速度带走。我这时体会到的是涡卷动作带来的那种颠簸的盘旋回绕的感觉。我们是在极端的惊骇中,是在最高度的恐怖中,血液循环停止了,神经作用停顿了,全身流满像临死时候所出的冷汗!在我们脆弱的小艇周围是多么可怕的声音!几海里内回响不绝的是多么厉害的吼叫!那些海水溅在海底下面的尖利岩石上所发出的是多么怕人的喧闹!在这些岩石上,就是最坚固的物体也能被粉碎!

多么危险怕人的处境!我们极端害怕地任海波摆动。"诺第留斯号"像一个人一样自卫着,它的钢铁肌肉嘎嘎作响,它有时候挺起,我们也跟它一起竖起!

"要全力支持,"奈德兰说,"并且把螺丝钉再上紧起来。紧紧靠着'诺第留斯号',我们或许还有一线生机……"

他没有说完他的话,嘎嘎的声音就发出来了。螺丝钉落下,小艇脱离"诺第留斯号",像投石机发出的一块石头,飞掷入大漩涡中。我的脑袋碰在一根铁条上,受了这次猛烈的冲撞,我立即失去了知觉。

三十七、神秘的结局

当我醒来时,我发现我们三人都还活着,我正躺在罗佛丹岛的一个渔民的家里;而我的两个伙伴安然无恙地坐在我的身旁,握着我的手,我们无比激动地拥抱在一起,我们最终还是相聚了。

那天晚上发生了什么事?小艇是如何逃出强劲的大漩涡的?奈德兰、康塞尔和我是怎样活着逃出来的?这所有的一切,我都记不起来了,只知道吓得周身发软,我需要好好地调养一段时间。还有一点,我们即便现在就想返回法国也是不可能的。因为挪威北部与南部之间的交通工具很少。

我们最快也得再等半个月,等从若斯角开往法国的汽船。

面对救了我们的救命恩人、一群善良的渔民,我重温了一下我们的冒险故事。我一点儿也不想夸大,它是一次人类至今无法达到的、在海底自然环境中旅行的真实记录。

但是,人们会相信吗?我不知道。但这有什么关系。至少,我有权利谈论这次历经 10 个月、行程 2 万里的海底探险。我有权利描述我在太平洋、印度洋、红海、地中海、大西洋、南极洲以及北极海域里看见的无数奇观！随着世界科技的高速发展与进步，我想，迟早有一天，人类会揭示海底的这一片新的世界。

可是，"诺第留斯号"怎样了？它抵住了北冰洋大风暴的压力吗？尼摩船长是否还活着？他还在海洋底下继续执行他的可怕报复吗？还是他在上一次大屠杀后，就停止了报复？海波能不能有一天把写有他整个生活历史的手稿带到人间？同时隐没不见的战舰是否可以表明它的国籍和真实名字？

我希望能这样，我同时又希望他的强有力的潜艇战胜了那海洋中最可怕的深渊，"诺第留斯号"在无数的船只都沉没了的海上依然存在！如果事实是这样，如果尼摩船长老是居住在他所选择的祖国海洋中，但愿所有的仇恨都在这颗倔强的心中平息！但愿海底无限神奇的景观能熄灭他心中的复仇情绪！但愿他这个裁判执行人潜没无踪！但愿他这个高明的学者继续做和平的探海工作！固然他的命运是离奇古怪的，但他也是崇高伟大的。我自己不是了解他吗？我不是也亲自过了10个月的这种超自然的科学生活吗？

所以，对于6000年前《传道书》中提出的这个问题："谁能有一天测透这深渊的最深处呢？"现在，世上所有的人中间，有两个人有权利来回答这个问题了；这两个人就是尼摩船长和我。